三民叢刊 214

拒絕與再造

——兩岸現代漢詩論評

沈奇 著

三民書局印行

序

沈奇

這是我有幸在臺灣出版的第二部現代詩評論集。第一部是《臺灣詩人散論》，收入一九九六年以前，先後撰寫的十幾篇論述臺灣詩人的文章，由爾雅出版社出版，反響還不錯。「被認為是大陸中生代詩評家論述臺灣詩人作品論中的佼佼者。」並被「若干大學採作文藝課程的輔助教材。」❶

此後，便一直想著編選一部更全面些的詩學文集，兼及兩岸，兼容詩學、詩潮、詩論，作為自己十幾年來研究兩岸現代詩整體成就的一個集中反映，或可更有益於兩岸詩歌交流，以及關心與熱愛現代詩的讀眾。

一九九九年秋天，我應邀赴南華大學作短期參訪講學，隨行便帶上了這部書稿。有意思

❶ 轉引自《創世紀》一九九九年冬季號總一百二十一期封底「每期一書」欄目中，推薦《臺灣詩人散論》一書文字。

的是，到臺灣的第一筆稿費，便是三民書局託爾雅隱地先生代轉的，係三民出版的《高級中學・國文・第一冊・教師手冊》轉載我評論鄭愁予詩的論文〈美麗的錯位〉中的部分節錄的稿酬，由此便生了試試三民書緣的念頭。後恰遇洛夫先生回臺小住，聚敘中說及此事，爽應為「媒」。之後我返回大陸不久，洛夫約同向明、李瑞騰一併前往三民推薦這部書稿，方得劉振強先生錯愛，定下了簽約出版的事宜，令我好生感動。如此詩誼書緣，連同在臺期間與大家共同經歷的大地震，都成為難忘的記憶，照拂中年午後的生命之旅。

說起來，寫詩二十五年，搞詩評十五年，其中「兩棲」並行的這十五年，自認是生命中最富有的一段。作詩人，我一直心裡沒底，只是憑著愛好、激情和際遇斷斷續續寫了過來，隨意撒落於歲月的岸邊，無所謂閃光或埋沒。不過這種隨意散淡的創作心態，和隨同現代詩風風雨雨走過來的切身體驗，卻決定了我從事詩學研究的明確立場。這立場概括而言，約略有三點：其一是在人云亦云的詩歌思潮與詩歌觀念之外，不斷跟蹤和尋找新的詩學命題；其二是刻意為那些被時代浪潮所遮蔽的新的詩歌生長點張目代言；其三是堅持從具體的詩歌現實出發，作不失歷史情懷的個性發言。這樣的一個立場，雖說有些偏狹，但卻是個在的選擇。涉足評論界後，深感這方林子裡，鸚鵡學舌者居多，亮自個嗓子的太少，互文仿生，空心喧嘩，令人「犯困」。我一向將學者分為「學者」、「言者」兩種：所謂「言者」，即能說自己話的學者——學而致問，學而立言，以論為本，以言為樂，最終成為自由、自在、自重的獨語者、言說者，使批評成為另一種獨立的寫作，而不是創作的附庸。這樣的立場和主張，多年來漸漸獲得不少前賢和同輩激賞與鼓勵，如謝冕先生所下「敏銳」、「鮮活」的判語；孫民樂博士所作「身體批評，感性詩學」的指認；且有不少朋友稱許：你的詩評文章就是你的詩。我欣慰我沒有因涉足理論而遠離詩性——寫詩是我生命的初稿，從事評論便是這初稿的分延了。

收入本集的近三十篇文章，可以說是這十餘年分延於兩岸詩學的一個代表性文集，大體按詩學、詩潮、詩評三塊編排。其中詩評部分，是除《臺灣詩人散論》外，近年新撰寫的有關臺灣詩人作品新論；詩潮部分，則主要是近二十年對大陸現代主義詩潮的切身觀察與批評文字。至於詩學部分，則只是由多年創作及常年讀詩，散散漫漫生發出的一些斷想而已，不成體系，當然也不乏個在體悟，更多是詩人之見而非「翰林文字」。如此宏觀微觀，兼及兩岸，算是一個至少讓自己先滿意的選本了，也不負多年來一直關愛我的兩岸文朋詩友。

最後，再次感謝所有促成此書出版人們：感謝洛夫、向明、李瑞騰三位詩友的玉成；感謝劉振強先生的垂愛；當然，更要感謝一切有意閱讀此書的朋友們。

二〇〇〇年十月於西安

拒絕與再造

——兩岸現代漢詩論評

目 次

詩美三層次

一切詩美，似可納入三個層次去審視：情趣、精神、思想。

第一層次：情趣

情趣者有情有趣。情不必多說，已成千古定論，即或是「走向後現代主義」以及別的什麼主義之後，只要是詩，必是作者情思起了顫動而需用文字來敘說，或聊以自慰，或欲與人交流，總是自己先動了情的。只是由於浪漫主義詩歌將一個情字弄得彌天徹地以至矯情難耐，進入現代主義詩潮之後的詩人和詩論家們常諱於提及。實則那情依然動著，只是動得更實在，更清爽，動出了不動聲色的別種動法而已。

有情則有趣，情動之於心而表現為文字，趣即來自對文字的閱讀過程中。作品價值的實現，首先在於被讀到、被接受，不被接受或一讀之下就拒絕接受的作品，其價值屬於可能存在而未被實現的。有閱讀趣味即快感的作品，讀者才能被抓住讀下去讀完。當然趣味不定於一二，或新奇，或切近，或靈幻，或平實，或壯闊，或幽邃，或清麗，或繁複，或坦暢，或冷峭，或典雅，或樸拙，如此種種，有如人之貌相不同，但總得有幾分特色，方可與人接觸。但凡人讀詩文，多是找朋友尋慰藉而非尋導師求知識，毫無閱讀趣味的作品猶如毫無姿色的女子，拒人於外，進一步的深入就無從談起，所謂「對不起觀眾」。

情趣即入道，是起碼亦即初步的要求。情趣源自作者文字（語言）背景，即常說的語感。一切的詩人、作家，說到底首先是「玩」文字的，滿肚子蝴蝶飛不出來，那蝴蝶等於不存在。先得會「玩」，才可說怎麼「玩」，文字語言不過關、不入道，僅憑一點熱情幾分模仿的機智，瞎撞出幾首詩來，最終只能是個小「玩」家，門外的「玩」家，終難登堂入室。尤其是現代新詩，看似文字簡單、語言平實，又不講格律，似乎誰上來都可以「朦朧」一陣，「口語」一陣，實則那份語感的講究、文字的修養常比寫四言八句小令大賦還深沉，還艱險。

情趣即「色」，功在取悅，悅而後動情動心，由了然而至深的理解。這是第一層次，由「色」而入道。

第二層次：精神

精神即「氣」。文以氣為主，古今詩學之要義，別的均紛執己見，唯此一要義，向來無有歧議者，可見氣之重要。氣可感而不可見，見得是文字，而字裡行間，則有氣存活流溢。無氣的詩文，文字水平再高，也只能動「視」動「情」而難動心；一讀之下，心血沸騰或啟悟頓開而不能自已，必有大氣灌注於中。譬如女子，有色而無氣韻，即現代人講的氣質，終只能討得一時之喜而難得百日之好，講究的人家，更是不屑一顧了。

精神源自作者的人格背景，即流行的「生命感」之說。藝術本是生命鬱積或生命熱情的一種宣洩，有如水之源泉。但這並非單指生命力的強弱，而主要是說一位詩人對自身生命以及整個人類生命存在的感悟能力之大小。即或是那些甚解文字之玩法，且又繼承了前人大小思想的智人學者，若缺失對生命本體的參悟能力，也絕是與詩無緣的。

而氣有先天之氣、後天之氣。先天之氣是為「慧根」，即善良之根，對人類有深的愛心；為「文根」，即語言之根，有特殊的語言敏悟力。後天之氣關涉到詩人整個詩性靈魂的成熟與廣博：信仰、生涯、智性、悟性、修養、思考和對大地與天空的長久凝視；惡人絕作不了真詩人，粗俗之輩絕成不了優秀詩人。是大詩人必對人類有大愛、大恨、大悲憫、大關懷、大思考而至大精神。文字（語言、技巧等）好學而人格難成，人小則氣小，人假則氣虛，唯大氣、真氣方可為詩為文而感人至深。

氣即入神，心醉神迷而至頓悟；由情趣的導引而至精神的熏陶昇華。這是詩美第二層次。

第三層次：思想

第三層次即思想層次。詩（凡藝術）有兩種價值屬性：審美價值和意義價值，缺一不可。意義價值即作品的思想性。

思想源自作者的哲學背景。按筆者個人習慣，稱其為「宗教感」。即對生命之存在（個體的和總體的、人類的和自然的）存有敬畏感，有敬畏才有思考，即進入神性生命意識，那生命才會有詩的靈光。所有的藝術，說到底都是一種「發言」或叫作「言說」，即對人類與宇宙的一種「叩問」。音樂家用音符旋律，畫家用色彩線條，詩人用語言文字，工具不同，追尋的東西是一致的：一是為自身生命的一種娛樂即自慰，一是為人類存在與宇宙自然存在之神秘關聯的問尋——「我們從哪裡來？我們向哪裡去？我們是誰？」這是現代人類剛剛認識且必將繼續認識下去的大命題（尤其對中國詩人們來說）。諸如狹隘的階級利益和狹隘的民族利益這樣一些所謂的思想性，是該在如此大命題下稍有消解才是（尤其對詩——作為文學中的文學來說）。

故思想乃詩美之骨，骨之不存，肌膚無從附著，只是一堆死肉。思想又是詩美之魂，比之健男美女，再健再美，無氣則板，無魂則呆。色在動目動情，氣在動心，魂則在動思。有思考的生命方是真正存活過的生命，神聖的生命。

亦即思想即入聖。詩是語言（存在）的宗教，詩人是現代精神、現代意識、現代人生命本質的探險者和傳教士。如此，詩方能代表人類同上帝對話，也同時代表上帝同人類對話。

歸納上述，可簡化為一個公式——

情趣（色、形）→自文字（語　感）→動情→入道→第一層次；

精神（氣、韻）→自人格（生命感）→動心→入神→第二層次；

思想（骨、魂）→自哲學（宗教感）→動思→入聖→第三層次。

無論情趣、精神、思想，皆有大小之分。有無是一回事，大小是另一回事；有無成真偽、定品位，大小則成風格、定流派。三者或缺或盈或大或小，不同比例成分之組合，遂成不同詩質文品。由此建立一價值尺度體系，作者可自審自度，讀者亦可為評為釋。

不同比例成分之組合

試作舉例：

其一，大情趣小精神小思想（或有情趣無精神無思想）——精神或先天不足或後天早洩而兼思想僵化蒼白，唯以文字取勝，閱讀可人而後空白無著處，所謂入道而不入神，是為高手匠家之作，小家子成小氣候，有如小家碧玉，以色悅人而已。此類作者，病在無根，無生命意識，視藝術為棋術，很會入道，且迷且痴，而終難成正果，到了一種誤會，一場悲劇。

其二，大精神小情趣小思想（或有精神無情趣無思想）——文以氣主，氣血充盈，必有表現。但氣大者不定文字功夫高，也不定思想境界大；純以氣馭文，行雲流水，率而不細，感而不化，爽而不沉，如春潮勃發，橫溢漫流，難成氣象。病在準備不足，憑熱情投入，眼高手低，有素質無修養。此類作者，多屬年輕氣盛者，陰虛陽亢，缺少控制，而寫作實乃控制的藝術，只圖宣洩之快則難有精品力作。好也在年輕氣盛，若漸解控制之法，兼內（氣）外（語感）雙修，再加一份持恆、一份誠實，終有大成。

其三，大思想小精神小情趣（或有思想無精神無情趣）——

對於詩，思辯和哲理不是主要的，但確係重要的質素；閃光的理性也是一種美，運用得好還可成大美、聖美、強力之美，在小（多以短詩見長而鮮有問鼎長詩）、巧（一般構思都比較纖巧）、靈（詩感靈動）、純（情感純真）的詩風流行乃至泛濫的今天，這種大美已成稀罕物了。然思想是個「硬物」，必須化入精神、融於情趣，若弄到滿紙理念，板著面孔假詩行而行道學，不管真道假道，也均是社會學的東西，所謂離哲學近，離美學遠，即或入聖也未入道，出神而不化入，類似冰美人，內已變性，人皆遠之。

還有多種大小比例不同的組合，讀者可自行試著分析一些詩人詩作，會發現許多有意思的問題。僅就當今中國詩壇概況而論，筆者認為不缺情趣，也不乏思想，缺的是那種聖徒般的「殉詩情懷」，那種來自生命本能的誠懇、嚴肅、激情之大氣底蘊，所謂觀念易變、語言也易變而其血難變難換呵！總是狹隘，總是猥瑣，總是功利性太強或極易滿足，少了那份原生態的生命血性。此種貧弱之風不可再長，而根本的轉變，恐還得有待於整個中國文化大背景和生存狀態的轉換，所謂一方水土養一方人。水土變了，生態環境好了，猛生生成長起一代新人類，血也純、氣也真，再加上這多年拓荒似的積累及已擁有的高度，那種集大思想、大精神、大情趣為一體之大詩聖詩作品，自然會應運而生，領風騷於適時了。

角色意識與女性詩歌

一、作詩人，且作女性詩人，是一種誘惑，也是一種陷阱。

至少在現今時空下的中國，我們還沒進步到已經在文學閱讀中消解了性別意識的地步。在普泛的讀者那裡，對女性詩人、作家的作品欣賞和對男性詩人、作家的作品欣賞，依然是不同的。我們在讀北島、讀于堅的詩作時，即或在潛意識中，也很少出現「我在讀一位著名的男詩人的詩」這樣的意念，而非常自然地呈現為「我在讀一位著名詩人的詩」。然而，甚至包括普泛的理論與批評家們在內，當他或她（女性自己）面對舒婷、面對翟永明的詩作時，無論在意識的浮面還是深層，都會非常自然地呈現為「我在讀一位著名女詩人的詩」。

男性詩人可以代表整個「詩人」世界，而女性詩人只能是「女詩人」世界的代表——這種由男性話語權力強加於女性詩人的性別角色意識，一直是包括臺灣詩壇在內的、中國現代主義詩潮中，一個一再被忽略了的理論問題。

誰設定了這種角色？

在女性詩人、作家那裡，被強調了的性別角色意識是一種驅動還是一種困擾？是對女性創作主體的一種敞開還是一種遮蔽？

二、對性別角色意識的考量，在於由此深入到對包括性別角色意識在內的所有角色意識的檢視和清理。

這多少年，在兩岸詩壇，尤其是青年詩界，無論是成名的或待成名的詩人，無論是男性或女性詩人，都在那裡一起喊著「生命寫作」的口號，但骨子裡真正進入生命寫作的又有幾個？這其中核心問題是沒有擺脫角色意識的困擾。對社會、歷史大舞臺的傾心和對生命出演的潛意識渴望，使普泛的詩人們很難潛心於本真生命的寫作，最終皆陷入為預設或後置的各種各樣的角色而寫作。對於女性詩人來講，性別角色的困惑又使之多了一重障礙。

三、生命是一種偶然的給與。父母在偶然間給了你肉體，上帝在偶然間給了你靈魂。社會、文化、歷史還有你願意不願意適合不適合都要給你的「角色」等待你的出演；現實的場景以及虛妄的欲求等等，無不給鮮活的生命暗自套上種種角色行頭而迫使你就範、就位、出場、不知不覺地演下去，直到你只是角色、只是行頭而不再是你自己——人生有如舞臺，我們生來就被迫（派定）或自願（選擇）在這個大舞臺上出演各種各樣的角色；心和臉分離，生命被逐步肢解……對現代人來說，面對遠離自然、更加舞臺化、角色化了的人生，選擇生比選擇死還要不易，選擇在場比選擇遁世更為艱難，更需要勇氣。

問題在於：在這種既古老又現代瀰漫至今的「角色病毒」中，當普泛的人們已習慣於成為麻木的病者時，作為詩人的你（男性的和女性的）是否既不怕成為生命中一個偶然的存在者，又始終對角色亦即對生命的「出演」持有一份深層的警覺和斷然拒絕，使這種「在」成為真實的詩性存有。

四、生命的存在（本真）和生命的出演（角色）應該是兩回事，有如所謂的「創作」和真實的寫作是兩回事；寫作是本真生命的自然呼吸而成為一種私人宗教，創作則是角色生命的出演而成為一項所謂的「事業」。

整個中國現代新詩潮的進程，多見於角色生命的出演而難得有本真生命的自然呼吸。無論在男性詩人或女性詩人那裡，角色意識一直是個被暗自加強的東西，只不過在女性詩人那裡表現得更為明顯、特別亦即多了一層性別角色而已。

在男性詩人、作家那裡，由於長期占統治地位的據有和出演，舞臺的概念和角色的意識在表面上已漸趨於一種不在的在，人們對他們的閱讀也漸習以為常地消解了性別的暗示。女性詩人、作家的出場則不一樣，舞臺在她那裡仍然是一個欠缺的、突兀的存在，而角色意識經普泛的讀者特別強調後，在她那裡成為一種不由自主的迫抑和驅動。

或許她們之中一直就有清醒者認識到這是錯誤的出場，但面對依然強大的男性話語世界，她們首先需要跨出這一步，宣布對女性詩歌缺席和啞默的否定，亦即對舞臺另一半的據有。

而實際上，她們大都是有意識地、自覺自願地選擇了對包括性別角色在內的角色的認可和進入，有的則不無功利之心（按新的流行語叫「自我包裝」）地自我強化著這種意識。於是男人寫詩寫關於女人的詩，女人寫詩更是在寫關於女人的詩，儘管她們筆下的女人之內涵，已擴展為廣義的女性生命體驗，但總還是囿於傳統的性別角色定型觀念，在二元對立的話語場中，強調著另一元的存在而已。

是她們演了角色？

還是角色演了她們？

五、從舒婷的〈致橡樹〉，到翟永明的〈女人〉組詩，到唐亞平的黑色系列詩以及伊蕾的組詩〈獨身女人的臥室〉等；從大陸女性詩歌在現代新詩潮中的崛起，到臺灣自五十年代以後成批湧現且不斷壯大的女詩人群體，可以說，是一個女性主體意識亦即性別角色意識，在現代漢詩中由確立到全面強化的過程——在短短不足八十年的中國新詩舞臺上，由女性詩的缺失到女性詩的強烈出演，角色意識成為最初的驅動又最終成為一種困擾。

到了的問題依然是：在人們閱讀一位女詩人的詩時，是否已消解了同時還在閱讀一位女詩人、女人的意識？

非女性（角色）之女性詩的概念由此提出：無女性（不在）→唯女性（角色出演）→非女性之女性（角色退出，另一種在）。

正如桑德拉・吉爾伯特(Sandra Gilbert)所極力主張的：「在超越兩性區別的地方，還存在著多形(multiform)自我或者說無性別的特徵。」❶

因為說到底，「人類的心臟是沒有性別的」❷——藝術生命的最高層面應該是超性別、超角色的，由此才能觸及到人類意識之共同的視點和深度，去「混沌」而真實地把握這個世界。

持這種視點和深度的女性詩人、作家、藝術家，無論在生命中還是在藝術文本中，都不再企求從男性話語場中找到一個支點，或者針對男性話語場為女性自身找到一個支點，亦即不再是以一個女人或假裝一個男人去認識和思考人類，而是作為人類整體去認識和思考所有的男人和女人，作為女性詩人、作家、藝術家而又超乎女性立場的視野去表現男女共有的人

---

❶ 瑪麗・雅各布斯(Mary Jacobus)，〈閱讀婦女（閱讀）〉，《當代女性主義文學批評》，北京大學出版社一九九二年版，第二十一頁。

❷ 埃萊娜・西蘇(HéLène Cixous)，〈從潛意識場景到歷史場景〉，同上注，第二十三頁。

類世界——生與死、苦與樂、現象與本質，以及未知的意識荒原與裂縫……以此逼近一種可稱之為無性或雙性的詩性生命本質。

六、進入這一詩性生命本質的要點在於對角色的退出或叫逃離——我們一直習慣於喊叫要發現什麼、尋求什麼、探索什麼，最終發現最需要的卻是丟棄、剝離、退出和逃亡！

實際上，對於臨近世紀末——一個舊的終結和新的出發的過渡時空下的所有中國詩人們，尤其是真正具探索、前衛態勢的青年詩人們（無論男性女性）來說，對角色意識的清理程度已成為最終的檢驗。

引申開去想：中國知識分子百年來有意無意間參與或促成的種種歷史悲劇，不正是抽空了獨立人格的角色意識在那裡作祟嗎？

逃離角色就是逃離生命的「出演」而返回本真的「在」。

逃離不是消失，你仍然在場，因為在骨子裡，對生命、生活的愛依然如火如荼，但這種愛必須是從自身出發，從自身血液的呼喚和真實的人格出發，超越社會設置的虛假的身分和虛假的遊戲，剝棄時代與歷史強加與你的文化衣著，從外部的人回到生命內在的奇蹟——成為一個在場的逃亡者：作為生命、詩的在場；作為角色、非詩的缺席，以永遠處於多向度展開的詩性生命的途中。

退出角色便是退出至今困擾我們的二元話語場，去尋求另一種話語方式，乃至對所有既成話語範例、模式及權力的全面清理和重構——已不再是哪一性哪一類角色的代言人，而是真正個人、人類的獨語者——這種作為人類共有本質意識之觸角的、獨在的詩歌視角，必然要求一種同樣獨在的詩性話語——「當作家的生命與作品的生命匯合一處，消除了主體與客體之間、寫作的婦女與被寫的婦女之間、閱讀的婦女與被讀的婦女之間的種種界線，生命才得以最充分的展現。」❸

顯然，在這種消解了「種種界線」的詩性話語中，一切矯飾的、偽裝的、虛浮的、塗有性別色彩和角色情調的東西都必須剝離乾淨。這種「剝離」是嚴峻的，對於那些生命原質中本就沒有詩的詩人來說，剝離之後可能是完全的空無；對於那些生命原質中有詩的詩人，剝離之後則是更加的純正與真實——客觀、超然、明澈；非製作、非包裝、非角色。

這是另一向度的展開：僅僅作為男性話語的詩性存有是不夠的，在兩個單向度展開的詩性生命之外，在超脫了生命角色同時也自然地消解了性別角色意識之後，另一向度——可稱之為第三向度的詩性生命空間無限深廣，令人神往！

---

❸ 同上注，第三十八頁。

七、對角色意識的清理和由此引發的對第三詩性話語向度的探尋，僅只是作為一種新的詩學思考在這裡提出，不存在任何價值評判的意圖。

就現代詩學來講，我向來習慣於去檢視其發生與發展進程中多了些什麼，少了些什麼，而不願糾纏於什麼是對的，什麼是錯的。不是說沒有角色意識就一定會寫出更高品位的詩，有了角色意識就一定不對。從新詩七十餘年的歷史上去看，女性詩歌畢竟才屬於剛剛崛起、初步成形的階段，即或是單純表現女性主體意識的作品，也還遠未能充分展開和深入，似乎無須過早地加以理論指涉。

然而提示總是必要的——當代中國新詩潮的歷史價值，不僅在其宏大的進程和輝煌的成就，更在於它永不衰竭、不斷超越的探索精神。從各種角度、各個層面出發的實驗詩歌，為現代漢詩的全面深入和成熟帶來了強大的驅動與勃勃的生機，同時，也為現代漢詩詩學提出了許多新的、本體性的命題，當大多數女詩人仍在那裡思考著怎樣獲得與男性詩人平等的話語態勢，或怎樣充分利用自己的女性話語優勢時，有關角色意識與第三話語向度的提示，或可為之開啟一種新的超越之視角。

詩性與詩形

詩與其他文體的區別，自是在於其獨具的文體特性。

在古典詩詞中，這種特性比較明確：固定的體式，講究平仄押韻，言志、抒情、寓意、情景交融等等，在規範中較量才具的高低與見識的深淺，且有較穩定的、可通約的文化大背景作憑藉，寫什麼，怎樣寫的，寫得到位不到位，大家一看都清楚——我將此種寫作稱之為「在家中」的寫作。

在現代詩中，這種特性似乎越來越成為一種可意會而不可言傳的東西：可意會的是種種說不清道不明的「詩意」、「詩情」、「詩味」、「詩感」等等，且眾說不一；可言傳的則只剩下一點，即「分行排列」，且只在「分行」，如何「排列」，也無定規。寫作者無「範式」可依，無「公約」可求，便完全返回自身，返回個在的對詩的認識，加之文化背景的變動不居和多元差異，寫作遂成了一種失範的、同樣變動不居的狀態——我將此種寫作稱之為「在路上」

的寫作。❶

於是，只要是用分行排列形式寫出來的文字，便都稱之為「新詩」，有關「詩性」的界定好像總無從落實。對於依然「在路上」的現代詩而言，規定什麼是詩的，顯然是錯誤的，但指認什麼不是詩的，還是可行之舉。實則無論是臺灣詩壇，還是大陸詩壇，經由半個多世紀的步程，塵埃落定，已逐漸開始分流歸位、朗現格局。粗略去看，至少，就詩的品味而言，可見出「純正的詩」與「庸常的詩」的分野；就詩的品質而言，可見出「原創的詩」與「派生、仿生的詩」的分野；就詩的精神立場而言，可見出「生命性寫作」與「社會性寫作」的分野；就詩的藝術造詣而言，可見出「專業性寫作」與「非專業性寫作」的分野。由此便分出兩大類詩，即「具有詩性的詩」與「徒具詩形的詩」；也便分出兩大類「詩人」，即「真正的詩人、詩人藝術家」與「一般寫詩的人」。

這一分野是歷史性的：後者盡可向前者過渡，但不再如過去那樣混雜一起，影響現代詩從詩體建設到詩學建設的良性發展。

同時，這一分野也使我們對現代詩的本質亦即其詩性特徵，有了如下比較而言的認知：

一、作為「具有詩性的詩」——

❶ 有關現代漢詩之「在路上」的本體特徵的論述，詳見本書〈拓殖、收攝與在路上〉一文。

㈠具有獨立的、自由的鮮活人格。作為超越社會層面的私人宗教，以本真的生命體驗，深入時間內部、生存內部，開啟新的精神光源，拓展新的精神空間；

詩是出自靈魂又歸向靈魂的返照，是生命運動淋漓盡致的寫意。是人生複雜經驗的凝聚。是個我人格的最高塑造。（陳仲義）❷

洗心飾視，發揮幽鬱。（陳子昂〈與東方左史虯修竹篇序〉）❸

㈡具有獨特的審美體驗。作為人類「最敏感的藝術器官」，這種體驗必須是原創性的、不同於任何他在的，最終必須要求富於新奇感、驚異感、意外感，成為一次原發性的「靈魂事件」，於瞬間開啟對生命與存在之奧秘的特殊體悟；

詩的藝術特點是它的直接如閃電式的穿透，和它的無邊際的暗涵。（鄭敏）❹

---

❷ 轉引自沈奇編選《詩是什麼——二十世紀中國詩人如是說・當代大陸卷》，臺灣爾雅出版社一九九六年三月版。

❸ 轉引自陳良運主編《中國歷代詩學論著選》，江西百花州文藝出版社一九九五年九月版。

使以賞好異情，故意製相詭。（劉勰《文心雕龍・聲律》）

㈢具有獨在的語言質素。作為詩性文體的最本質憑恃，這種語言質素的要義在於：

1. 是恢復了語言命名功能的；
2. 是超語義的；
3. 是與精神同構而非僅作為載體的；
4. 是造型性的而非通訊性的；
5. 經由出人意料的組合而脫離語言習慣與語言制度，成為有意味的語言事件。

詩是改變語言的語言。（任洪淵）❺

具有最大限度含意的語言就是詩，具有最小限度含意的語言就是散文。（洛夫）❻

詩賦欲麗。（曹丕《典論・論文》）

---

❹ 同注❷。

❺ 同注❷。

❻ 轉引自沈奇編選《臺灣詩論精華》，陝西人民教育出版社一九九五年七月版。

二、作為「徒具詩形的詩」——

㈠主體人格模糊。或「代聖立言」，成為聲明主張之事；或解說時代，成為主流意識的「詩形說教」；或戲仿他者，成為附庸風雅式的交流。從未超出與社會、時尚共謀的角色出演之局限；

> 節之以禮，制之以義。（韓嬰《韓詩外傳》卷五第十六章）

㈡審美趣味趨眾流俗。作為創作主體，從未超出社會人的層面而進入審美人的層面；滯留於初步的觀念，用持之不變的興趣和同樣不變的聲音，去抒唱大家都熟知的東西，只有表面的內容，沒有隱蔽的暗涵；

> 輯事比類，非對不發；博物可嘉，職成拘制。（蕭子顯《南齊書・文學傳》）

㈢語感陳舊庸常。作為語言制度的奴僕，使用的是流俗而無改變的、被過於肯定了的、社會性的、常規化和總體化構成的語言，雖經表面的分行處理，終因其工具性、通訊性、互文性、雷同泛化、無歧義、無新意，而致詩質稀薄，徒具詩形。

> 詩絕非是把語言當作在手邊的原始材料來運用，毋寧說，正是詩首先使語言成為可能。
>
> ——海德格爾(Martin Heidergger)❼

詩是什麼？雖然有一千位詩人，就可能有一千種定義，但通過上述的比較，我們總可以有一些較為集中的、大體的界定。這一界定的意義不是為了劃分什麼陣營，而在於力求廓清理論認知，以圖不再將不同質的東西作同一的比較（這似乎是一種最基本的理論常識）。從社會學的角度而言，「徒具詩形的詩」也有其存在的價值，但從詩學的角度而言，必須指出它的非詩性的屬性，不能混為一談。當然，還應指出另一種非詩性的存在，即在「專業性寫作」的範疇裡，某些因過於超前，或推向極端的實驗作品，所造成的閱讀困難，包括連專業性閱讀也難以企及的困難，成為不具備任何現實閱讀效應的東西，或可為未來的閱讀所識別，但在當下的時空，人們有權利也將它劃入「非詩」之列。只是這依然不能同前一種非詩（實則

---

❼ 轉引自沈奇編選《西方詩論精華》，廣東花城出版社一九九一年十一月版。

是「偽詩」）混為一談，至少就其創作立場來看，後者還是由純正的、原創的、生命性的源頭出發的，即使是「非詩」的，也屬於可諒解的「自殺」行為，而非先天性的「他殺」。

詩與歌

「詩」不是「歌」，儘管我們常常習慣性地在行文中將「詩」稱之為「詩歌」。潛心於現代詩學者會發現，在許多現代詩理論與批評者的研究與寫作中，已有意識地盡量避免再使用「詩歌」這個詞，即在企圖將這其中的區別有所顯示。實際上，「詩」與「歌」的分離，已成為現代詩只所以成其為「現代詩」的根本屬性，許多詬病於現代詩的人們，大概正是在這一根本屬性上犯了迷糊，疏忘了對詩的現代性功能轉換這一基本常識的認領。

作為「文學中的文學」，詩，曾經是什麼活都幹的老祖母。隨著文學的不斷變遷，詩也在後來不斷的剝離與裂變中，漸次放棄了某些「活兒」，越來越潛沉專注於除了自個，他者再無法去替代的「活兒」——由記事而緣情，由「道志」之「言」（作為聖人之道、公共話語的代言之聲）而「情志」之「言」（疏離於聖人之道、公共話語的個在心聲），由主「道」而主「志」，由格律謹嚴而自由散漫，由風情萬種之古典韻致而專純獨立的現代風度，由詩歌同體而詩自詩、歌自歌……從形體到內涵到功用，現代詩與古典詩歌，都有了質的轉換而不可同日而語。

所謂「若無新變，不能代雄」（蕭子顯《南齊書・文學傳》）。

詩與歌的分離，使詩不再承擔諸如傳達社會浮泛情感、流行觀念以及有韻能唱之類的功能，專純於自己的不可再剝離的職守，成為現代人之「最想說，又從沒說過，又非說不可，又只能這樣說的話。」（綠原）❶

詩與歌所處理的內容可能有相近或相交的部分，但其處理的方式，主要是語言的方式，則與歌大相逕庭。「歌」者，是盡量用大家所熟悉的語言，抒發一些可能新的但必須為大家所理會的內容，且要符合譜曲及聽賞的某些特殊要求；「詩」者，則是盡量用大家所生疏的語感方式，抒發為一般人所隱蔽不察的內容。

> 詩是對不可知世界和不可企及之物的永恆渴望；詩是對已有詞語的改寫和對已發現事物的再發現。（翟永明）❷

❶ 轉引自沈奇編選《詩是什麼——二十世紀中國詩人如是說・當代大陸卷》，臺灣爾雅出版社一九九六年三月版。

❷ 同上注。

「歌」的功能在告之，「詩」的功能在啟示。隨著歌的當代受眾之審美情趣的提高、現代意識的增強，「歌」的作者，也開始大量汲取和借鑒「詩者」的質素，包括搖滾在內的許多現代歌曲的詞作（如大陸崔健，臺灣的羅大佑等）已遠遠比那些大量「徒具詩形的詩」還要高超許多。由此便啟發人們對那些非詩性的「詩」的存在，有了一種新的界說參照，以便從類型上，將「詩性的詩」與「非詩性的詩」明顯便捷地區分開來。

這種處於現代詩與現代歌詞兩者之間的過渡形態的分行文字，正好可以分擔人們一直想強加於現代詩的某些功用：曉暢、明朗、通俗、可解及類型化的形式特徵，淺情、近理、時尚、政教等社會學層面的內容指向，軟著陸，輕消費，貼近時代需求與大眾口味，易為非專業性閱讀所接受。顯然，這些特徵和指向，遵循的是實用主義與重功利的原則，好比「快餐」和「軟飲料」，較為契合工商社會消費性文化的心理機制，因社會所需，大量長期定貨而歷久不衰，自成體系。

對於這一體系，有青睞者命名為「輕派詩歌」、「熱潮詩歌」，看重的是其一時間的社會效應及其輕便快捷的熱銷賣點；有蔑視者稱其為「快餐詩歌」、「商業詩歌」，不屑的是其應用性的寫作動機和脫離詩性的複製性「產出」。其實從文化多元的理解出發，此類詩歌、歌詩的存在，本無可厚非，只是因其長期身分不明，混同於純正詩作的陣營，且常常被其代言人亦即一些平庸的詩評者，作為一種對比參數或曰「口實」，攪動輿論與批評界作出一些無謂的反應和爭論，混淆視聽。看來仍需「正名」，所謂「名不正則言不順」。實則這一體系的作品，包括那些以「以道制欲」、「美善相樂」（荀子）為宗旨的「廟堂詩歌」在內，大概才正是人們習慣認識上的所謂「詩歌」或可叫作「歌詩」之類的東西：其形式與內容，均與真正意義上的現代詩和現代歌曲（詞）只是相仿相近而無本質上的血緣脈息，是詩的仿生，是歌的派生，且下心於「流行」，不妨統稱之為「流行詩歌」。

如此正名，將庸常寫作之「流行詩歌」與純正寫作之「現代詩」徹底劃分開來，實在有莫大的好處，有如像科學界將純科學、基礎科學(pure science)與應用性科學(applied science)劃分開來一樣，如此劃分，便不再將完全不同屬性的作品納入同一價值體系去討論，而造成許多不必要的誤解和障礙——所謂「凡存在的都是合理的」，從而使各自以其不同的承傳「基因」，在各自不同的理由中去發展或者消亡。

詩與道

世紀末的中國，日益商業化的社會與日趨幽閉的詩歌，形成一種尷尬的疏離局面。書商與出版人視詩為「票房毒藥」，一般大眾讀者視讀詩為「犯酸」，總之是處處不討好，於是有關「詩歌危機」的呼喊此伏彼起。

其實詩由大眾層面回歸小眾層面，或者說由社會學層面回歸美學層面，本是今日時代情理之中的事，幾乎全世界都是這樣，不值得大驚小怪。或許對詩這門藝術而言，反是好事，經剝離而重識本根，經淘洗而再現本味，甩掉不該幹的活，不該扮演的角色，在新的時代語境下，重新定位詩何以而為詩。

這是就詩的外部境遇而言。話說回來，當代詩歌，尤其是九十年代中國詩歌本身，也並非沒有自身的責任，而一味將「危機」的原因推給時代的變遷。至少從詩的創作與生存現實的關係來說，當代詩人們確實有些重犯「不食人間煙火」的舊毛病，如一位青年詩人所指斥的：「只學鳥語，不說人話。」按著名詩評家謝冕教授的話說：「我們擁有了無數的私語者，而獨獨缺少了能夠勇敢而智慧地面對歷史和當代發言的詩人。」並指認九十年代的詩歌是「既豐富而又貧乏」。

實際上，生存的問題在這個時代是越發尖銳了，也就是說，我們依然處於一個充滿危機的時代，而我們的詩人們卻大都重新鑽進了象牙塔，只管自地高蹈著、自戀著、空心喧嘩著。不可否認，在「技術至上」風潮的推動下，詩的樣貌與技藝是空前發展和成熟了，詩的靈魂卻有些走神，語言的狂歡下面，是精神的缺失、使命的缺失，乃至人格的缺失——新手依然層出不窮、出手不凡，成名者更是盯著「席位」、奔向「國際」……失重的時代，遊戲的時代，妄自狂歡的時代，詩神和歷史一起，在新世紀的門檻前跳起了「狐步舞」。

有狂歡就有守夜人——這是時代唯一沒有缺失的規律，也是真正有現實責任感和歷史使命感的詩人，無法拋擲的立場定位。在這樣的詩人的寫作中，「積累的不是專業知識而是疑問」（布羅茨基(Joseph Brotski)），他們從來不屑於做搔首弄姿的票友或一己之得的新貴，而自甘遠離功利，沉潛歲月，深入生命中的每個時空，以良知、救贖、歷史情懷與現實關切為精神底背，以詩的方式對時代的文化狀態和生命狀態，做深層次的、不斷的介入與指涉，以此賦予時代以精神的方向、目的和意義。

這樣說來，似乎要惹重彈「載道」的嫌疑。其實古往今來，無論中外，詩以及一切文學，何時能完全脫得了「載道」的干係？一般而言，詩的產生，多源自對抒發個人情感的需求，不苛求承擔為時代代言的重任。但一方面，個人情感儘管可疏離於時代，卻又無不與時代語境發生千絲萬縷的聯繫，「詩是在陸地生活，想要飛上天去的海洋動物的日記」（桑德堡(Carl Sandburg)）。飛是願望，根還是在陸地生活中，在時代的海洋中；另一方面，詩畢竟是提高了的語言，這「提高」，既指比一般的語言（言說）要多一份陶冶情性的審美快感，也指其含有思想教益的意義價值，「詩歌是被交流的一種深刻的真理」（阿萊桑德雷(Vicente Aleixandre Merlo)），按中國人的說法，這「真理」就是「道」之所在，亦即個人情感的內核所在。沒有這個核，個人情感就變成了一己私語，可作小女兒家自我撫慰的呢喃，卻難免失去了交流的意義。

誠然，「道」若載得太重，必有傷詩之風姿、詩之筋骨，這方面的教訓我們已有太多的認識，但一味話語纏繞，不著承載，也難免成無骨之皮相、無根之浮萍，自哄哄人而已。看來「道」不在於可不可載，而是載什麼樣的「道」和如何載的問題；有載無載，定品位、定風骨，如何去載，定風格、定流派。我們依然樂意在詩歌中領略天堂的聖樂、家園的呼喚、玫瑰與夜鶯的撫慰，但日益尖銳的生存迫抑與生命痛感，使我們更願意接受那種「說人話」的詩，有「含金量」的詩——一句話，在經由詩人們富於詩意的言說中，我們不僅要感受到詩美的閱讀快感，也要獲得詩性的力量。

如此便分出了重的詩與輕的詩。強調詩的「含金量」並不排除輕的詩存在的價值，但輕的詩應該輕得如一隻飛鳥而不是一根羽毛，同理，重的詩也要重得有骨頭有肉有風韻，而非一塊道學家用來唬人的驚堂木。負重而不失靈動，耽美而不失心魂，其間分寸的把握、得失的忖度，到位的詩人、成熟的詩人，自有其無言的領會。

小眾與大眾

詩，步入當代，越來越歸屬於小眾文學，正成為不爭的事實。現代詩對大眾的疏離，有多方面的原因，對這些原因不加客觀深入的分析，僅以社會對詩的「消費量」的消長來評判詩的發展，純屬庸俗社會學批評的舊習作怪。

中國向來是個「量」的社會，以「量」代「質」，人云亦云，已成思維定勢。於是「大眾」便成為一條「戒尺」，一條未辨明是非刻度僅拿來作「棍子」用的「戒尺」，隨時祭起來「唬人」。好在時代不同了，被「唬」的人也漸學會反詰：怎樣的大眾？是物理空間的大眾，還是心理空間的大眾？是時代意義上的大眾，還是時間意義上的大眾？詩的常態寫作，是一種私人化的個體勞動，且大多沒有確切的「消費對象」，至少在寫作當中，它是「為詩而詩」的，亦即只為精神與語言同構的瞬間詩性感應而存在，此外不再考慮到別的什麼。

如果一個求愛者在他的情書中引用我的詩，我一定很得意。但我的詩不是為他而寫的。我的詩不為任何人而寫，甚至也不是為我自己。我為詩的構成而寫詩，就像泥瓦匠蓋房子並不考慮由誰來居住。他為房子的標準而建造。（韓東）

由韓東的比喻想到另一個比喻：一位日本老人，在「大眾」已完全習慣於使用各種現代工業產品的情況下，堅持用原始木材原始手工製做各種並不實用的木桶、木盆、木碗等，引來旅遊者的觀賞，使他醉心的手藝變化為藝術，使木桶變化為詩。人們是否從對這些木製品的注目與撫摸中，親近到森林的呼吸與大自然的抱擁，那是人們的事，老人自個只為一種心愛的手藝而工作——電視鏡頭中那老人忘情專注的神氣，使我們想到真正的詩人。

今天的詩人不可能為所有的人而存在。其實不論在什麼時候，詩的發生都始於「為自己」的驅動。許多現在為大眾所熟悉亦即「大眾化」了的古典詩句，最初的寫作，也只是出於抒發一時的個人情懷。「桃花潭水三千尺，不及汪倫送我情」，李白的名句，當時是寫給汪倫老兄一人的。至於以後這名句如何「詩化了大眾」，則另當別論。孔子講詩可「興、觀、群、怨」，那個「群」，只在指出「引起共鳴」而已，並非指引起共鳴的有多少。

詩的傳播可以集體模仿個人，詩的創造卻絕不可以個人模仿集體。或者說，詩可以穿越時空去逐漸化大眾，而絕不可作當下的大眾化。因為正是這種疏離與超越，決定著詩人存在的價值和言說的質量。詩所企及、所深入、所敏銳地肯定的東西，常常是大眾話語所欲使之被忘卻的東西。無論時代將大眾的感知的疆界推移到怎樣的範疇，詩人都只可能是這疆界之外的言說者。由此我們才好理解T. S.艾略特(T.S. Eliot)下面的這段話：

> 如果詩人很快贏得非常多的欣賞者，那麼這種狀態無疑是令人懷疑的；我們不得不做這樣的假設：這種詩人實際上沒有提供任何新的東西，他們只不過是把讀者早已習慣了的，讀者在以前的詩那裡早就知道了的東西發給了讀者。但是，真正重要的倒是，應該使詩人獲得能與其相稱的不多的同時代欣賞者。永遠應該存在一支不大的先鋒隊——一些通曉詩歌，不為自己的時代所局限，並能在某些方面超越時代，善於很快地掌握新事物的人。

詩的本質上的個人性與小眾化，並不妨礙其「化大眾」的可能。中國歷來是個講究「詩教」的國家，古代社會甚至將詩作為個人道德修養的基石、科舉應試的必要才能以及民間文化與人際交往的普遍形式等，延之千年，遂使名詩家喻戶曉、熟讀能背然後解得化得。但社會看重「詩教」，主要在其通過詩的形式媒介所起的教化效應而非審美效應，當這種教化效應日趨式微亦即無法或無必要再利用時，社會便不再為詩的「化大眾」負責。尤其當現代詩完全剝離掉許多傳統的功能，使自己收回到最單純的深處，徹底游離於社會主流話語之外時，其功能與價值已失去共識性後，社會對它的淡遠便在所難免——這是當代詩的世界性境遇，是其當下的不幸，也是其可能的未來之幸（免遭商業利益的腐蝕）。同時，「大眾」也有裂變。當人們指責現代詩疏遠了大眾時，他所想像和指稱中的「大眾」，其實早已為大眾化的視聽藝術、亞藝術所「教化」；即時消費時代的各種媒體，早已組成以「實用、時尚、快感」為旗幟的大軍，侵占了工商大眾幾乎所有的物理空間與心理空間，能留下多少空隙給詩呢？顯然，此一時的「大眾」與彼一時的「大眾」是不能等同參數而觀的。我們有過「拿起筆作刀槍」、人人能寫「詩」的大眾，有過「八億人民八個戲」的大眾，有過僅通過文字性閱讀了解和認知世界的大眾，最終又有了主要通過視聽音像與廣告來了解和認知世界、其想像力已被加速炮製出來的商業文化快餐所吸乾了的「大眾」，被各種文化、亞文化；藝術、亞藝術之雜亂趣味徹底分解了的「大眾」，由這樣的大眾所構成的時代，有學者命名為「無名時代」，並將與之對應的、具有文化與藝術共鳴空間的以前時代命名為「共名時代」。這一命名旨在指出：因了個性的尖銳與突出，身處今日時代的嚴肅文學與純正藝術，無論是對「歷史風雲」的言說，還是對「個人天空」的言說，都無法再擁有巨大如往昔的「社會效應」了。所謂「轟動」與「流行」，至少對現代詩而言，已是一個過於虛妄乃至視如謊言的說法。

這是一個非詩的時代，一個詩的厄運的時代，但忠實於現代詩精神的詩人們，並不為此而氣餒——

> 我們簡短的過去所產生的這些偉大作家都是孤獨的，而過去的一個世紀沒有能減輕他們的孤獨。對於他們的後繼者來說，要繼續他們的藝術，肯定必須依靠詩人自己頑強的、固執的、不求實利的獻身精神，而無法依靠他們的藝術滿足公眾要求。
>
> ——丹尼爾・霍夫曼(Danniel Hoffman)

這便是詩的當代處境——作為「獻給無限的少數人的藝術」，「詩不追求不死而追求復活」（奧・帕斯(Octavio Paz)）。或有「一種詩能立竿見影，但過後即消失於無形；而另一種雖長眠不動，但它若有能力的話，總有一天會再醒過來的。」（蒙塔萊(Eugenio Montale)）

由此可知，真正的詩，只屬於小眾，不可度量的小眾，並希望以小眾之詩去化大眾之視；

而真正的詩人所關心的，是寫作中的狀態而非寫作後的命運，是作品的詩學價值而非社會價值——因為他們知道：寫給時間的詩與僅僅寫給時代的詩，是不一樣的！

說「懂」與「不懂」

「懂」與「不懂」，作為人云亦云、普泛被使用著的文藝批評話語、尺度，看似非常簡單、基礎，也非常明確，有很大的通約性，似乎大家都明白這兩個詞的用法和意思，然而實際上，它卻一直困擾著創作、欣賞與批評三個方面，由此帶來的一系列問題，至今仍未得以清理。無論是面對外來的文學藝術作品，還是本土的，尤其在面對各種新的、探索性、實驗性的作品或思潮出現時，在普泛的讀者和普泛的文藝批評者那裡，仍然總是要首先提出「懂」與「不懂」的話題。在普泛的讀者那裡，是作為一種習慣性的、通俗化的方式提出的，在普泛的批評家那裡，則常是很認真地、作為一種理論性命題提出來的。現在看來，這確實已成為一個一誤再誤的大誤區，假如我們的一代新人類，也仍帶著這一誤區走向二十一世紀，就成了一個世紀的遺憾了。

什麼叫「懂」？什麼又叫作「不懂」？對於自然科學，譬如一條物理定理，一道數學算式，一篇科學論文等，不懂可真就是不懂，因為它對你可以說沒有任何觸及；而懂了可就真是懂了，不再有任何疑問和言外之意。

藝術則是另一回事，尤其是現代藝術。在一幅抽象畫面前，在一座現代雕塑面前，在一曲無標題音樂之中，以及在一首現代詩裡，要怎樣的欣賞程度才叫「懂」或「不懂」呢？畢卡索用廢自行車座和把手湊成一個公牛頭狀，遂為名作，你說「懂了」？可真問你「懂了什麼」，恐大都難以說清或千人千狀；你說你「不懂」？可它不就是一副車把手、一個舊車座擺出一副公牛頭狀嗎？看著有趣新奇就得了，還要「懂」什麼？尤其在音樂中，這種和繪畫、雕塑與建築一起被稱之為「世界語」的藝術，似乎人人都可「懂」，而人人都難說清「懂」得是什麼；可即或是再不懂音樂的人，只要在音樂的感染下，或搖頭晃腦、或抖腿扭腰、或靜坐出神、或忘情遊走，你又怎麼能說他「不懂」呢？

詩也是如此，它是文字的音樂、語言的雕塑、神性生命的私人宗教。詩的藝術本質先天性地決定了它和欣賞者的關係只是一種感染、一種觸動、一種激活、一種啟悟、一種邀請——使你和作者一起跳脫日常生存狀態，進入另一生命氛圍和言說方式，去激動或沉浸一會。至於你到底激動了些什麼、沉浸了些什麼，與這首詩有多大關係，是否與他人激動得一樣、沉浸得一樣，為什麼一樣又為什麼不一樣，以及如此等等，詩和詩的作者全不理會——只要你激動了或沉浸了，乃至只莫名地愣了一神，詩就應該，也只能這樣認為，你就是如人們常說的那樣——「懂了！」

對於自然科學，不懂就是一點也沒得到什麼。而對於文學藝術，只存在得到的多與少、深與淺的判別，不存在「懂」與「不懂」的問題。遺憾的是，它又總是要成為一個「問題」。「問題」的病根出在教育上，從小學到大學，從學生到老師，長時期以來，都在念著同一本乏味荒唐的「經」——什麼「中心思想」、「段落大意」、「主題」、「所指」、「意義」、「象徵著什麼」、「代表著什麼」、「說明了什麼」……讓孩子從小到大都像猜謎或推導公式一樣去閱讀文學欣賞藝術，實則既非閱讀也非欣賞，只是在那裡判別「好人」、「壞人」、「懂」或「不懂」。於是看「不懂」現代電影，聽「不懂」現代音樂，欣賞「不懂」現代繪畫和雕塑，更讀「不懂」現代詩以及後現代詩了。於是犯傻，於是不反省自個為何犯傻而反過來怨怪現代作品為什麼不讓他「懂」，於是喊叫「是現代詩失去了讀者而不是讀者拋棄了詩」，以及諸如此類。

好像回到傳統回到古典就會「懂」？一部《詩經》總共才幾萬字？可詮釋它的書足可以裝滿一個小型圖書館，且至今仍在那做新的詮釋以用於新的「懂」，「懂」得更多。《詩經》詮釋的必要在於其語言編碼與當代人的完全陌生，故要如外國詩一樣去「譯」。《詩經》時代的讀者是否需要詮釋我們不得而知，但我們至少知道連老百姓也理會得諸如唐詩要「熟讀《唐詩三百首》，不會寫詩也會吟」，強調的是「熟讀」而不是「懂」。至於後來的學者教授也多在注疏其背景、來由、典故，詮釋其含有社會學的、思想性的、歷史的部分，以及一些浮面的所謂「詩意」，而真正感動我們、影響我們、使我們身心為之震顫的東西，誰也沒法去詮釋去叫你「懂」——故有「詩無達詁」之經典論斷。

回到現代詩上來。其實相比之下，現代詩應該更好「懂」些，只是你必須要換一種「懂」法。至少現代詩是現代詩人們用我們熟悉的現代漢語和我們人人都浸染其中的現代意識寫給我們現代人看的，關鍵是你不要再用老「懂」法，先入為主，硬要從現代詩中逐句逐段地找出個什麼「意思」來，有如中學生順從老師的指教硬要從各種活生生的文章中總結出一個乾巴巴的「中心思想」一樣，那可就真的「不知所云」了。在現代詩以及後現代詩文本中，語言能指增大，多層面多向度展開，所指一再後移乃至脫逸於文本之外，留下更大的空間讓讀者自己去填補去參與去完成。於是，那些習慣於被動地被給與被籠罩被說明被教誨式的傳統讀者及傳統理論與批評家們，便只有「犯傻」了。

看來需要問的只是一句話：你要「懂」什麼？朦朧詩剛問世時，傳統的理論與批評家們大喊小叫曰看不懂，太朦朧，群起而圍剿之。等發現「教授」看不懂學生卻愛看一看就「懂」

不看就「落伍」，於是認真看一看漸漸也看「懂」了一點且習慣了一點「朦朧感」時，卻又面對完全口語化、一點也不朦朧的第三代詩人的作品再次喊叫「看不懂」了！如此再有更新的詩探索作品出現呢？豈不要永遠不懂下去？那又何必談「懂」？

這是理論上的說法，不可否認，在現實中，懂與不懂已成了一種俗成約定、積久成習的客觀存在。但這屬於另一問題，即閱讀與欣賞層面的問題，不能以此作為唯一的、通用的價值尺度以判定作品。一個層面看不懂的，並不就代表所有的層面都看不懂。還有一個時空問題，今天看不懂，明天也許就懂了；這一代人看不懂的，也許下一代人看去還嫌太好懂。詩人以及一切文學藝術家，本就是人類意識的先行者，探索和超越是他們的本能也是其天職。而個性的自我張揚又是他們、尤其是那些走在時代前面者不可或缺的優秀品質，他有權利只為和他一起孤獨前行的人們或只為未來的人們乃至為自己而創作——總之，今天的詩人和藝術家們，已不可能為所有人而存在，問題是我們中國人太好「歸一」、「大統」、「一元化」，很難進入多元共生、各得其所的現代心態。而多年陳舊的教育模式，又養成人們的閱讀惰性，也就怨不得喊喊叫叫了。

至此，使我想到查爾斯・紐曼(Charles Newman)的一句話：「我們正處在那些我們只能詢問我們怎樣弄清楚常識的歷史關頭。」（《後現代氛圍》）

是的，時代發展到今天，是該到普及這樣一個常識的時候了——在一切文學藝術面前，永遠不要說「我懂了」或「我不懂」，猶如提醒人們在欣賞交響音樂會當中不要隨意鼓掌一樣。

更應該給那些傳統而褊狹的理論與批評家們，和為他們所誤導的讀者們一個提示：在包括現代詩在內的所有現代、後現代文學藝術面前，「懂」得越多，得到的越少！

小析「語境透明」

現代漢詩在語境取向上，一直存在著兩種主要類型：一是繁複、朦朧的美，一是單純、透明的美。前者常因所謂「晦澀」、「怪異」、「看不明白」，為非專業性的讀者所詬病；後者常因被誤導為所謂「明朗」、「平實」、「淺顯易懂」，為非專業性寫作者弄變了味。

從專業的角度看，繁複、朦朧之美，來自對「意象化語言」的營造，注重經由密植意象及其附帶的表現手法，增強語言的歧義性和張力感，運用得當，很有閱讀衝擊力與震撼性。但同時，若運用過度，則容易造成閱讀的滯重感，局部張力的飽和與不間斷地刺激，反帶來整體效應的空乏，亦即「張力互消」，非不懂，而係「難以消化」；作為詩研究，或可費力去讀解，作為一般性欣賞，就難免有些「隔膜」了。在一些非專業寫作者那裡，更將此演化成一種矯飾和偽貴族氣，造成意象腫脹或散漫無羈，看似「繁複」，實則紊亂，一些碎片式的流洩或堆擁，自己心裡並沒整明白，拿奇詞怪語懵人。讀者詬病，多因這些流弊所生，反影響了對真正到位、亦即有內在理路可尋的繁複、朦朧之美的理解。

單純、透明之美，來自對「敘述性語言」的再造，注重事象與意緒的詩性創化，簡縮意象，並有機地引進口語，以高僧談家常事說家常話的手法，追求文本內語境透明而文本外意味悠長，有彌散性的後張力。讀者較為輕鬆地完成了閱讀，卻為閱讀後所開啟的詩意之悟久久浸染，欲罷不能，有綿長的回味和互動的參與，所謂讀者的「二度創造」。這種語境，看似好進入，其實很難把握，要有知繁守簡的修為，而非由簡而簡。所謂「高僧說家常話」，首先得是「高僧」而非「家常人」；「家常」的是「說法」，而「說什麼」、「怎樣說」，則有冷峻而獨到的選擇——那是一種將語言逼回到最單純的深處，再重新發掘其可能的詩性品質乃至再造其命名功能的探求，所謂「如空中之音，雖有所聞，不可仿佛；如象外之色，雖有所見，不可描摹；如水中之珠玉，雖有所知，不可求索」（黃子肅《詩法》）。

持有這類語境的詩，又可以「寓言性」、「戲劇性」、「禪意」等分脈，是熔鑄了中西古今詩質後，充分發揮漢語的審美特性，在現代漢詩中的拓殖，也是有可能為新人類的詩美選擇最為傾心的一路走向。至於一些非專業性的批評與創作者，將「語境透明」誤導誤識為所謂「健康明朗」、「貼近大眾」，鼓噪出一些淺情近理的「流行詩」，輕消費，軟著陸，小情調，偽哲理，雖熱鬧一時，為非專業性閱讀所親近，其實已與現代詩之本質相去甚遠，更與上述詩脈風馬牛不相及。

在此，我一再將詩的批評與創作分為「專業」與「非專業」，可能會招致非議。實則這正是現代漢詩經由八十年之發軔、拓殖、裂變、澄明的過渡期後，一次歷史性的分野之標誌，明者自明，錯者自錯，小文所限，不便展述。

這裡只簡要說明，所謂具有專業作風的詩之創作，其基本標準至少有兩點：其一，經由詩人的言說，說出了一些為我們日常體驗所忽略了的存在的秘密或叫底蘊；其二，他的這種說法，為現代詩藝術的發展，或多或少地有新的開啟或推進，也就是說，為現代詩的言說方式，提供了一點或更多些的、具有原創性的說法，而非毫無創新的仿寫——這樣一種認知，對於有根性的、已進入專業性寫作的詩人，已成為一種常識，一種基本的創作要求。對於那些無根性或紮根甚淺的非專業寫作者而言，則可能總是一種「秘密」。

詩話三題

壹、好詩標準

什麼是現代詩的好詩標準？

似乎越是現代，越沒標準——這也是詬病現代詩者常在手裡拿捏的「把柄」。

其實那標準一直是存在的，不然好詩怎麼選？不然好詩怎會層出不窮？只不過這種存在一直處於一種可意會而不可言傳的模糊狀態而已——大家心裡明白，一時未找到可通約的明確表達——這不是現代詩的毛病，只是它暫時的尷尬。

也許「模糊」的標準才是詩最科學、最本質標準？「詩無達詁」，或詩也就沒有「達標」？

其實長久的「意會」之中，已有些可通約的「言傳」可傳一二的。

就審美價值而言，一首好的現代詩，必須是：

一、一次新奇而獨特的語言事件；
二、一次新奇而獨到的意象營造；
三、一次新奇而獨立的語感體驗。

一句話，必須為詩性的言說，提供一次新的「說法」。

就意義價而言，一首好的現代詩，必須是：

一、一次新奇而獨特的靈魂事件；
二、一次新奇而獨到的人生感悟；
三、一次新奇而獨立的生命體驗。

一句話，必須經由詩性的言說，說出了一些「新的東西」。

何以「新」？何以「獨」？何謂「靈魂事件」與「語言事件」？依然是可意會而不可言傳的——可為成熟的現代詩人所「意會」，不可為未進入現代意識和現代審美情趣的詩人所「言傳」。

所謂「道不同，不相為謀」也。

貳、異想天開

追索現代詩創作奧義，無非「異想天開」四字。

「異想」——即以意象之思，作奇異之言。變執行語言制度的人為尋找新的語言之光的人；「天開」——即以生命去蔽，作精神更新。說與眾不同的話是為了說出與眾不同的精神世界。

新命名功能；
新的精神光源——

這是現代詩賴以「立身入史」的兩大基本要素。

說不可說之說；
道非常道之道——

是謂「異想天開」。

參、歧義之妙

詩不是傳達，不是明確無誤的完整給與；
詩是邀約，是不無歧義誤解的互動領略。

詩是超語義的——這是現代詩最根本語言策略。詩的語境可明而語義不可明：語境的透明在於力求減少閱讀中的障礙，語義的不透明在於力求增加閱讀後的彌散性意味——求悅目，亦求動心動思，所謂一覽有餘而清明有味。

詩可以把話說明白，但不可以把意思說明白，把意思說明白了就不是詩——這是常識，卻又總是成為問題；問題的關鍵在於人們總是一再疏忘了現代詩的特殊價值即超語義的價值，這一價值的根本意義在於使現代人類免於成為語言通約下的精神平均數，以保持獨立鮮活的生命個性。

結婚了好還是戀愛著好？

「歧義」便是延長愛的途徑、愛的過程——在無目的或目的不很明確的散步中領略「無盡的暗涵」——現代詩人可算是「戀愛至上」且樂在「歧」中不知返的「獨身主義者」。

一步到位，索然無味；
知不可知之美，是為詩美。
是以歧義——語境可明而語義不可不歧。
在歧義中開啟新的語言空間；
在歧義中拓展新的精神空間。
——在這裡，語言不是工具，語言是精神本身。

不期而遇的詩意之旅

詩之來臨，總有些預感。這時詩人的心態，有如處於暴風雨前的低氣壓之下，有些迫抑，有些煩亂，更多的則是一陣陣莫名的衝動——你不知道這衝動來自何處，更不會知道它將「衝」向哪裡，如同不知道風將從哪一抹草葉間吹起，閃電從哪一片烏雲中躍出……詩人們的個性、氣質和創作方法各有不同，唯其這種預感、這種特定的衝動卻似乎總是比較同一的。

而衝動的出現不等於詩的出現——

> 寫詩並不是一個完全成形的靈魂在尋覓一個軀體：它是一個未完成的靈魂寄寓在未完成的軀體之中，這軀體也許只有兩三個模糊的觀念，以及一些零散的短語……
>
> ——安・塞・布拉德雷(Andrew Cecil Bradley)《為詩而詩》

一個令所有詩人都會困惑的定律：你不能對自己說：「我要寫詩」，你只能說：「我必須期待……」

期待一次不期而遇的詩意之旅。

許多詩友談到這樣的詩歌的經歷：在戶外活動中，在正騎自行車時突然「遇」上詩——一些未經醞釀而又天然成熟的詩句，甚至是一首幾近完成的詩，在剎那間於腦海中閃現、奔突……便趕忙停車記錄，但或因為沒有帶紙筆，或因記錄的速度趕不上詩的湧現的速度而常常不得其十分之三、五。於是抱憾不已，常怨怪人類記錄大腦思維的笨拙，幻想科學家們有一天會發明一種思維記錄儀，或腦後或太陽穴一貼，便任你是天上地下的奇思異想皆一絲一縷立即轉而「翻譯」成文字記錄下來，那該是怎樣一個全新的詩的世界?!

可誰又能抓住閃電和風呢？

筆者也常有這樣的際遇，但從不即時記錄。一則從未養成出門帶「詩囊」、紙袋、筆記本的文人習慣，二則早年就認定人手之速度是永遠無法與大腦思維速度可比的——我們失去的太多，真正能記錄下來的只是萬分之一，實實是滄海千斛，只能舀得一瓢矣！無怪連雪萊也嘆息「流傳世間的最燦爛的詩恐怕也不過是詩人原來的構想的一個微弱的影子而已」。

便形成自己的「記錄」方式——當突發的詩句出現時，一方面聽任這靈感的迷鹿去奔跑、去追尋，不要驚動和中止，一方面在腦子中反覆記憶這已出現的詩句，且主要是重複和體味那句中的意象、意味，而非句子本身；實際上，若是一些本身已經「完成」了的、十分新奇、精到的詩句，也無須死記便深深留在腦中再也抹不掉的。這樣，待坐到桌前，那特定情緒流中迸濺出來的詩句之浪花，還依然或隱或顯地活躍著，只需加強回味，重新投入那種情緒流中去，一首詩便會自然地流洩在你的稿紙上。

記錄得來的東西總是死的，是結束了的。只有體味得來的才是活的，而且是尚處於生成過程中的——你並不了解它會發展到什麼地步，也許你暫時捉到的只是一隻灰鴿，到最後從你手中飛出來的卻是一隻鳳凰！

經驗證明，在這種不期而遇的詩之旅行中，可能會有一剎那間，一首小詩整個兒完整而熟透地出現在詩人的腦海，並毫不費力、甚至無需作任何修飾地「落」在稿紙上的「天運」，似乎是上帝在無意間遺落給你的詩之花環。但大多數情況下，你在這靈感的機緣中得到的只是一些帶有一首完整的詩的胚基和要素的「種子詩句」而已，而你必須憑你詩的感悟能力和創作經驗，使它最終開出一片絢爛的花兒。

這樣的詩句有時僅一兩句，但卻是了不起的一兩句，是靈魂、是核，是主旋律，是一首將要誕生的詩中最本質的、同時又是最表象的「實在」——它是最終需要表現的，因而又最先表現出。抓住它，就如同抓住了一串葡萄的「把」；你只管全身心地擁抱住這一兩句「上帝的夢話」，沉浸在它所引發的啟悟之氛圍裡，甚至不妨像少女在紙上無目的地劃著"I love you"一樣反覆去劃拉一兩句詩，並稍稍警覺地期待著……於是，你的腦海開始出現一些不太規則的、反覆不定的、不知不覺且極易消逝的、與那首詩有關的粗糙的意象，像一群小妖圍著先前出現的詩句閃躍和舞蹈，而你依然期待著，相信不是你，而是那處於中心位置的已生成的詩句會自己去選擇並制服它們，使這些靈性的（處於想像中的）意象最終變成智性的（處於語言形式中的）意象……最後，那早先出現的一兩句詩句會自然而然地帶出其他合適而又必需的詩句，帶出一串鮮活晶亮的葡萄來——那將是一首較短小的、十分自然而優秀的詩。

有時，在這種不期而遇的詩之機緣中，靈感的爆發會是連續性的，於是會接連跳躍出好幾句、甚至一整節新奇、成熟的詩句，這樣的話，你就可能會幸運地得到一首較長一些且較豐富些的詩作了。

這時，你必須敏感地意識到：這些詩句很可能都在未來成型的詩的關鍵部位上（一般是處於開頭、結尾或過渡性的中間詩節中），就像項鍊上的幾顆主要的大珍珠，暫時無序地散落著，需要的是找到其餘的小珍珠和一根能恰當地將它們串起來的線。你必須緊緊抓住那已出現的詩句群，不停地敲打、延展它們，直到迸發出火花，那是你作為詩人的生命之原始體驗的回閃，是你先前從動態生活中貯存下來的感覺和印象的燃燒，是你平日裡長期運思和體驗的積累和核裂變……在這不斷的敲打中，你還必須同時在腦中進行速記式的構想，使用不同的意象去捕捉那閃電般迸發的「火花」，選擇、剪輯、歸位——把那些新生的可愛的小珍珠和早先出現的、驕傲的大珍珠有機地組織在一起，最後，以你詩人應有的機智將它們串起來——一首詩、一串精美的詩之項鍊，就這樣自然而又必然地誕生了。

終結與起點

——關於第三代後的詩學斷想

上

一、判斷一切文學藝術作品是否有生命力的主要尺度在於它是否被「重讀」——哪怕是「誤讀式」的重讀。

㈠作品的價值實現首先在於被讀到。價值先於實現而存在，但完全沒有實現（被讀到）的價值存在是無意義存在，即作品雖生猶亡。

㈡同一部作品被重讀的次數越多，表明其藝術生命越強，價值實現越大。所謂「經典」和「名著」的根本屬性正在於此。

㈢凡一部作品經「初讀」之後便不再被重讀，其藝術生命便告結束——引用經濟學的一個概念，稱其為「一次性消費」。

二、在一個缺乏共同標準的時代，除了任何其他的尺度之外，「一次性消費」已成為判斷文學藝術作品價值的較為科學的根本尺度——這一尺度的建立和實現，將使許多糾纏不清的問題變得直接而明確。

㈠「一次性消費」嚴格定義為同一部作品在同一個或同一代讀者中經「初讀」後不再被「重讀」。新一個讀者或新一代讀者的重新讀到以及創作者本人「自戀性」的重讀均不屬於此意義重讀概念。

㈡在讀者——藝術消費者那裡，一次性消費的含義體現為看過就忘（即用過就扔）而不再去看；在作品——藝術創作者那裡，一次性消費的含義體現為僅僅產生一定的新奇性和轟動效應——而藝術的根本效應在於滲透力。

㈢進入二十世紀，現代人類精神加速度地跌入物欲和消費渦漩。一次性消費由物質消費進入文化消費，由通俗作品製作侵入嚴肅作品創作，從而使這一命題的提出顯示出特具的現實意義。

三、「一次性消費」觀點的提出，不僅在於對文學藝術作品生命力的判斷，而主要試圖以此角度進入對藝術文體屬性的重新審視。

㈠就文學而言，詩是第一耐消費的，其次是各類散文文本（包括散文詩）。

1. 人們對詩的消費總是多次性的。一首真正的好詩，常被反覆閱讀，並給讀者帶來一些新的不同感受。詩同音樂一樣有著很強的藝術再生能力和增殖能力。

2. 詩是從文體屬性上就避免了一次性消費的一種高貴品種。也即是說，非一次性消費是詩歌最根本最基礎的文體屬性——這正是詩的驕傲，也正是作為詩人的榮幸。

由此我們重新理解到何以稱詩為「文學中的文學」。

㈡在所有的文學品種中，小說則從文體屬性上最先天性地接近一次性消費的。事實是，小說也確實成了當代人類消費最大而單位作品消費最短促的一種文學品種。

1. 無論小說藝術進入現、當代之後翻新了多少種花樣，但其本源的、也是其基本的立足點是「講故事的藝術」。同一個或同一代讀者很難在聽完一個故事後再度返回這個故事，只希望去聽另一個故事。而對小說的重讀則主要來自故事之外。

2. 因之，對小說家來講，首要的和根本的創作目標在於如何逃離一次性消費的陷阱。

3. 經典性的小說名著已提示出一些「逃離」方式：

其一，具有歷史意味的。如《三國演義》、《戰爭與和平》等。除專業的歷史學家和研究者外，一般人總喜歡從小說中去讀歷史，使其「歷史情結」在文學形式中得以消解。人們在這種藝術化了的歷史演義中，感到了人類文化的久遠和宏大，並因此消解個體生命的孤弱感。

其二，具有「宗教」意味的。這裡的「宗教」一詞與神聖、崇高、理想化、精神重構等同構。此類作品如《紅樓夢》、《約翰・克利斯朵夫》等。人們在這些小說中得到一種從普泛的生活場景和人生際遇中昇華出來的精神感召和撫慰，一種終極關懷的浸洗，一種生命的淨化和昇華過程，讀一次，便如進一次教堂，經一次洗禮，之後總有一種新的目光生成。

其三，具有寓言意味亦即哲學意味的，尤其在現、當代小說中，如《阿Q正傳》、《老人與海》等。在對這些小說的重讀中，人們已更加不再是與故事和人的重逢，而是反覆沉浸於其文本中所蘊藏的生命意義和哲學氛圍。同理，對一般人來講，這些理應從哲學著作中直接獲取的東西經由文學作了賦有藝術快感的間接給與。

4.特別有意味的是，一部分優秀的武俠和魔幻小說（如《西遊記》及金庸先生的代表作），竟也脫離了一次性消費的危險。驚異之後的首要結論是：生活在現實世界中的人們永遠需要一個想像世界的誘惑——一些作為人之本性存在的冒險、遊歷、獵奇、夢幻、烏托邦等欲望，在這虛構的遊俠、魔幻的世界裡得到了暫時性滿足。

5.以上幾種經典小說的揭示，對於反觀當代詩歌的內質和外在，都具有深刻的參照價值。

㈢有必要補綴上對藝術門類的簡略的一次性消費試驗，以為後面理論的展開佐證。

音樂、繪畫、雕塑等，無疑是從根本上擺脫了一次性消費的。

還有攝影藝術。

奇怪的是動輒幾百萬乃至上億投資的電影和電視——這個起源於攝影且集現代藝術之大成者的龐然大物，卻全然屬於一次性消費的。更有意味的是，假若只需簡單地將電影或電視中某些畫面定格凝凍為攝影作品，懸置於牆上，卻又完全避開了一次性消費！❶

四、整個對一次性消費觀點的提出和驗證之終極目的，在於在經歷了十年現代主義新詩運動之後，我們必須重新認識到：作為消費時代的詩，依然必須是避免了一次性消費的「文

❶ 此段思考係與詩友高大慶一次談話中，受其對攝影藝術的思考所啟發。

學中的文學」。

㈠對於步入「後現代主義」後的世紀末詩歌，這已是一個世界性的命題——作為物質消費發展出現的一次性消費趨勢，正如癌細胞一樣，向包括詩在內的各種文學藝術領域滲透與擴散。進入第三代及第三代後的中國現代主義詩歌，也正出現這樣的傾向並日趨發展。

1.文學界（中國以及世界的）對詩的漠視和忽略是當代文學的悲哀；文學消費界（中國以及世界的）對詩的漠視和忽略是當代人類的悲哀。然而作為詩自身絕不能屈就於時代乃至自甘墮落——假如詩也成為一次性消費品，這個世界將完全失明！

㈡遺憾的是，我們的詩壇太像一個混雜繁亂的「市場」和「運動會」，普泛的詩人們又太一味迷戀於創新舉旗、趨流趕潮而缺乏基本的反思精神與整合意識。

1.無論是朦朧詩時期還是朦朧後即第三代時期，我們對整個現代主義新詩的崛起與迅猛發展缺乏心理和理論的準備。傳統的斷裂使我們紮根甚淺，長期的閉塞又導致對外來文化的生吞活剝，嚴重消化不良，而歷史又必須邁出這一步。

2.歷史就這樣走了過來——硬是靠了兩代詩性靈魂之熱血澆灌，中國現代主義新詩之樹才得以在貧瘠的土壤中長大。同時也在艱難而輝煌的過渡之後，開始全面暴露其內在的不足、外在的困惑而面臨新的選擇。

(三)正如T. S.艾略特(T.S. Eliot)所說：「有需要探索的時代，也有需要鞏固已經獲得的疆域的時代」。

這個時代已經降臨——它將是中國現代主義漢詩詩學之建構在本世紀末的一個終結與起點。

中

五、詩是語言的「宗教」。

(一)詩，從「言」，從「寺」。「言」者，語言；「寺」者，寺院、廟堂、淨土、家園、彼岸……「宗教」。

1. 這裡對「詩」的解字絕非《說文解字》式的。這裡的語言也非一再被誤讀了的海德格爾(Martin Heidergger)所說的「語言」。

2. 這裡的「宗教」仍與神化、聖化、純化、崇高性、理想性、神秘性同構——即「宗教性感受」而非「宗教」本身。「現代人的麻煩不只是不能相信我們祖先所相信的、關於上帝和人類的某些東西，而是不能像他們那樣感受上帝和人類」。❷

(二)詩是自然與人類精神之「神化工程」——通過語言的純化、聖化、返真、再造而最終進入新的創世。

(三)亦即詩是「宗教」——創世的語言，是對自然和人類精神的終極眷注。

(四)故詩的存在是家園的存在——對於迷失的現代人，詩已成為我們唯一來反抗生命中的無意義以及對現代技術文明的焦慮與迫抑感，從而獲得充實與慰藉的最後棲息地。

六、詩人的存在有兩種形式。

其一，為詩性靈魂與詩的邂逅而形成一段詩性人生之美好回憶——作為本然生命的詩性居所；

其二，為詩性靈魂與詩的融合而形成真實純粹和全然的詩性生命歷程——作為神性生命的詩性歸宿。

(一)相對於完全或終生與詩無緣的混沌生命存在，我們讚美一切或長或短或熱狂的「詩性邂逅」或叫作本然生命的詩性衝動，以及作為青春期詩戀症的大量的詩歌演練。

1.這種人生旅程中與詩的邂逅與親近，其性質基本屬於自慰性、依託性之狀態和作為

---

❷ T. S.艾略特〈詩的社會功能〉，《艾略特詩學文集》，國際文化出版公司一九八九年版，第二三九頁。

「驛站」與「綠島」之意義存在。

2. 這種存在既不會產生對整個現代主義詩歌運動發展的內在驅動力，也很難提供新的詩歌美學思考。同時，也從另一種意義上成為一次性消費詩歌之誘發因素。

3. 這是一種必然而又必要的、從創作到消費的過渡性存在。

㈡真正的詩人是整個生命與詩的徹底融合和完全投入，是聖徒般的虔誠與獻身。在這個世界的黑夜裡，他代表人類向上帝發問，又代表上帝同人類對話。

1. 在真正詩人的全部詩性生命歷程中，他總是既作為此在又作為彼在，既作為審美價值的存活，又作為意義價值的存活，既是「家園」的構建者又是家園的永久性公民，以此來恢復詩人存在的真正意義。

2. 真正詩人存在的使命，是作為精神價值的先知，通過對終極價值始終不渝的詩性叩尋，給日益物化和虛無的生存現實提供意義和慰藉、愛心和祈願，最終給碎片似的今日世界一個精神整體的投影和神性的光明。

3. 這是詩人與非詩人，大詩人與小詩人，聖者詩人與世俗詩人之本質性區別。

七、神性生命意識的普遍缺失，是朦朧詩後，現代主義中國詩歌創作主體的顯著特性。這一特性一方面驅使第三代詩人歷史性地進入了對傳統的全面拒絕和對現存的全面解構，進一步推動了現代主義詩歌的歷史進程，一方面也逐步顯露出藝術生命的內在困乏。

㈠表現在詩歌內質方面，一個有待修補的、理想主義化的想像世界，被一個無法修補的、虛無主義化的客觀世界所代替了。

㈡表現在詩人形象方面，一個世界整體的「參與者」被一個世界斷片的「目擊者」所代替了。

㈢依賴於本然生命的詩性衝動和經驗的偶然性，第三代及第三代後的許多作品，已僅僅成為一種現代社會事實和現代人生命狀態的詩型「提貨單」；讀者已不再是在沉靜或激動時去聆聽一隻夜鶯的歌唱，或者一位聖者對生命與世界意義的叩尋，而只是與一些業已存在的事物不期而遇，如一臺冰箱、一瓶啤酒、一則新編寓言、一段生存行為剪輯等等。

㈣反神聖、反崇高、反深沉、反智性、反優美、反抒情、社會性、世俗性、官能性、寓言性、荒誕性、片斷性——一種準備不足的現代主義衝動，在很短的時間內，將西方詩人現代感全面引進並接種於現代漢詩之年輕的肌體，既促進了對舊詩質的代謝，也同時種下了新的非詩化隱患。

㈤拒絕—解構—再造，作為現代主義詩歌的世界性進程，在西方是經歷了近百年的探索與發展的，我們卻在短短幾年內作了形式上的演練，其先天不足和後天不良之弊端是可想而知的。

1.拒絕與解構的目的是為了再造，缺乏再造意識的拒絕與解構只能是一種衝動與混亂。我們將朦朧詩"pass"得太快，又對第三代詩認識得太浮淺。「各領風騷三兩年」的口號下，呈現的並非是藝術生命的豐沛與強力，而是困乏與迷惘，加上中國式的「布爾喬亞情結」與「運動症」的作怪。

2.我們還一再疏忽了，冷靜而沉著地游離於朦朧詩主體詩人和第三代主體詩人之外的、對整個十年現代主義詩潮作深層參與，且保持獨立詩性和超越目光的、可稱之為邊緣性詩人的從作品到人格的關注和研究。他們是另一族類的詩人，也許歷史從他們肩頭跨過去時，不會斷裂和陷落。

八、呼喚詩人由本然生命的詩性衝動與邂逅重返神性生命的叩尋與歸宿，呼喚作為人類精神家園的詩歌重返崇高、神聖與純正，是防止和消除走向後現代主義之後的現代漢詩向一次性消費趨滑的根本出路。

㈠不可否認的是，對於從本質意義上看連「拒絕」這一歷史進程都尚未徹底完成的當今中國詩壇，上述命題的提出只能是一種遙遠的提示——我們只是剛剛將幾顆詩性的頭顱拱出了泥潭而仍身陷舊壘。我們似乎才邁出艱難的第一步，超越遂成為一種囈語。人們已經很難相信在這樣一個即時消費（物與欲的）的時代，竟還有人「落後」和「乖僻」到要繼續信仰什麼以及將目光投向更遙遠神聖的目標。

㈡對此，著名青年詩人島子主張：「懷著宗教情感的終極關切，對存在進行解構中的綜合」。❸

㈢這一主張重要價值在於：在一味迷戀變革與創新的當代詩壇，鄭重提出了解構中的綜合之必要，且在充分肯定拒絕與解構的歷史性意義的同時，提出這種拒絕與解構是必須懷有宗教情感和終極關切的——沒有這種關切，我們只能從舊的非詩化泥潭陷入新的非詩化的深淵。

㈣重溫海德格爾(Martin Heidergger)的名言是必須的：「凡沒有擔當起在世界的黑夜中對終極價值追問的詩人，都稱不上這個貧困時代的真正詩人。」

❸ 引自島子一九九一年九月致沈奇信。

下

九、對神性生命意識的缺失，導致現代主義詩歌的內在困乏；對詩歌文體的本質性偏離，則導致現代主義詩歌的外在迷失。

㈠十年現代主義詩歌運動，是一次對現代漢詩文體和語言的最寬範圍、最大面積、最為徹底的實驗和突進。這一革命性實驗所產生的正面效應已為理論界充分肯定與鼓吹，而其隨之帶來的負面效應卻一直未被注意或暫時未來得及顧及。

1. 現實的原因在於確實到目前為止，從普泛的詩作者到成名的詩人，從權威性的理論家到平庸的批評界，從詩的「生產（創作）領域」到詩的「消費（欣賞）領域」，一直沉迷於對「新」的追求而忽略對「正確」的認識。

2. 歷史的原因在於我們短短不足八十年（其中還有相當長一段幾乎是空白式的斷裂）的現代新詩（白話詩），一直處於對舊體詩的逃離和被迅速出現的新的文學和亞文學品種的剝離以及自身形式的探索這三重困惑之中。

3. 於是在這個艱難的過渡時期，詩的標準便自然形成為：只要以詩行排列，以詩的名義發表的皆為詩。

㈡詩的靈魂似乎趨於成熟了，而現代漢詩的軀體卻遠未成熟——當我們從現代主義新詩中抽去那些閃亮的理性之光和現代啟示錄式的聲音之後，我們的詩還剩下多少輝煌？而當現代意識已逐漸成為一代人所共有的、普及性意識，且通過別的藝術載體（如影視、搖滾樂等）更直接獲得時，我們在「寫什麼」這個「主題革命」的意義上還能停留多久？

1.無怪乎一些西方漢學家已經在那裡帶著極端的偏見和嘲諷的口吻提出：被翻譯過來的中國現代主義詩歌，只不過是經由中國人翻譯過去的西方現代主義詩的誤讀性再版。

2.我們創造了些什麼？我們丟棄了些什麼？我們應該丟棄的是什麼？我們可能創造應該創造的又是什麼?!

㈢讓詩成為「詩的」，成為具備並符合詩這種文體之基本要素的「東西」——我們再度面臨這一古老的命題！

1.想到一個老舊的比喻：詩好比舞蹈，散文好比散步。這一比喻的恰當之處在於舞蹈的基本要素為：其一，要有一定的形式編排；其二，要依賴於音樂的伴構。而散步則完全只是不具備也無需乎具備上述屬性的、隨心所欲的走走而已。

2.針對詩歌中越來越過分散文化的趨勢，這一舊喻實在值得新解。近來相當一部分詩人和理論家再次提出詩的全面散文化是未來詩歌發展的必然和唯一出路，已無異於將詩推向消亡。

我們也確實面臨著一個離散文最近的非詩化的時代。

十、在對當代中國新詩表現內容即主題的全面突破與拓展的同時，朦朧詩復活、解放並進一步發展了「五四」以來傳統新詩的語言形式。進入後現代主義衝動的第三代詩人及其更年輕的後來者，則對現代漢詩語言作了歷史性的全面解構與實驗。敘述性語言在現代漢詩中的神奇性復活與運用和口語化的被喚回與新生，是這一實驗的傑出貢獻。

同時也隨之出現了對詩的意象、韻律等基本文體要素之需求的最大距離的偏離傾向，以及可稱之為最簡單敘述派的產生與泛濫。

㈠由於單位面積（一首詩乃至一行詩）意象與聯想的過於密集繁複所造成的閱讀障礙和張力互消，使部分朦朧詩逐漸造成閱讀心理上的一次性趨向——因為讀起來太累而不願再讀。

但具有血統遺傳的朦朧詩在本質上不可能偏離文體要素，擁有「重讀性」與「經典性」

之屬性。

(二)第三代及其後來者的許多作品，尤其是趨於「最簡單敘述」的詩作，不但顛覆了抒情，甚至摒棄基本的意象需求，排斥優美形式的愉悅，僅僅成為一些偶然的、隨意的、簡單平俗的、打電話聊天式的實存生活場景和現在時心理衝動的分行白話或詩型代碼，從而造成文本上的一次性趨向——因為讀起來太簡單而不必要再讀。雖說其文本內在的東西可能更直接、更鮮活、更具現代性和個人化些。

1. 這類詩的詩愛者（主要是青年讀者）實則在閱讀中已完全丟棄了對詩歌文本的審美享受，純粹被其傳播的現代心理感受和新聞化的生存囈語所抓住，讀完後，他們會說：「噢，原來在流行音樂和電影裡感覺到的東西，也可以用詩寫的！」隨後扭頭離去或進行「下一首」的一次性消費。

(三)而作為真正嚴肅的、出於對一種具有更堅固的質地和更純粹的形式之語體願望的第三代主體詩人們的語言實驗，則完全不是這個目的。

十一、經由第三代主體詩人復活與重鑄的敘述性語言，進入現代漢詩文本的幾年實驗後，逐步顯露出可詩性敘述與非詩性敘述之二重性質。

㈠敘述性語言在現代漢詩中的復活與重鑄，主要源自敘事詩體的消亡。同時也來自對傳統抒情詩語言中的矯情和虛假所致的萎頓之不滿。

1.經過十年現代主義詩潮的沖刷，敘事詩體幾已完全消亡。儘管是由於太過於默默無聲的消亡，但一種曾經何等顯赫的詩歌文體的不存在了居然在理論界如此悄然無爭，實在令人驚詫。

2.實則這是現代詩一次極為重要和深刻的文體剝離——面對新的多極文化世界，我們還需要用詩的語言、詩的形式去「敘事」嗎？（一點極不成熟的發問，且不易在此展開。）

3.剝離的東西並非無價值的東西，新的人類會從中提煉出新的價值。而在剝離過的地方，原有的空白必然會有新的東西生長。

準確的講，敘事詩是經消失而演化了——敘事詩消亡了，而敘事性語言再生了。

㈡主題取向的寓言性、主體意識的客觀性、語言表現的敘述性，是第三代主體詩人成功作品的三個主要藝術特徵，可以細分述為——

之一：語言大體是敘述（陳述）性的；

之二：有一定的情節和敘事成分；

之三：這種情節和敘事成分是包括小說在內的其他文本不易處理或未經處理的；

之四：這種情節和敘事成分的深層是含寓言性性質的；

之五：這種敘述整體效應是詩性化的。

1. 在以上屬性中，敘述性語言的被重鑄和有機運用，無疑是最為關鍵的。這些經第三代主體詩人的天才性演化的敘述性語言，如同滾動的石頭和飛翔的金屬一樣的硬朗、堅實和純正，並與其寓言性的取向和諧同構而相得益彰，最大限度地實現了自身的潛力和特質。

2. 相對於一般所指的抒情詩來講，語言的特異和寓言性內示的特異，使第三代主體詩人的代表作品產生了全新的、卓爾不群的藝術特質。這一特質給當代詩壇帶來強烈的「撞擊感」，但卻只有少量的詩人把握並逐漸進入「撞擊」之後的「滲透」。大量的詩人及其追隨者則很快停留在僅僅邁出的第一步，同時陷入非詩性敘述之負面效應的怪圈。

3. 對敘述性語言的再造之表層意義，在於對一般性抒情詩中的矯情、虛情、經渲染而強制性讓讀者接受之情的根本清除。而其深層意義則在於對漢詩語言的原生狀態和再生能力的一次劃時代追尋，並重新發掘敘述性語言的詩能資源。遺憾的是大多數第三代詩人及其後來者均未進入更深的探索而迷戀於已有成就。

4. 而「寓言性」的建構更不易。一個時代經得起幾則「寓言」的解讀？一位作家又能從上帝那偷得幾則「寓言」？海明威終其一生唯有《老人與海》，韓東的《有關大雁塔》、《你見過大海》又能複製幾多？

5. 萎頓隨之出現。對於既無力繼續挖掘新的語感，又無意向「抒情之維」反彈的第三代後，遂紛紛成為先行者的誤讀和贗品——非詩性敘述的泛濫，無內涵意義的「後現代主義情結」作怪，使其在「現代寓言意識」缺失和詩性敘述的枯乾乏力狀態下，依然摒棄詩的本質要求，乃至發展為無意象語及無意象詩等完全非詩化傾向，從而加速並擴大了對詩歌文體的本質性偏離。

另一部分後來者則尾隨和徘徊於對朦朧詩的誤讀性複製之中。

十二、僅就詩歌文體而言，朦朧詩派主體詩人和第三代主體詩人恰好趨於「人」字型的兩極突進並均已臨近終結。

㈠朦朧詩是一次意象密林中的詩性舞蹈。

㈡第三代詩是一次現代寓言式的詩性散步。

㈢「在一個時代將近結束時，我們就會見到這一類的詩人，他們只具有過去感，不然的話，就試圖通過否定過去來建立對未來的希望。同樣，任何民族維護其文學創造力的關鍵，就在於能否在廣義的傳統——所謂在過去文學實現了的集體個性——和目前這一代人的創新性之間保持一種無意識的平衡」。❹

㈣「整合」和「歸一」，常常是十分誘人而又在當代總會被斥之為保守的一種美好意願。儘管這一趨勢已經開始出現，但我依然傾向於問題的提出而不是解決——解決是創作自身的選擇而非批評的要旨。

結　語

一、神性生命意識的缺失和對詩歌文體本質性的偏離，是中國現代主義詩歌進入第三代後的現實存在和必然過程。

二、這一存在和過程啟示我們重返對現代漢詩從語言形式到內在價值的新的詩學建構。並相信在對十年積累的反思與整合中，在排除掉諸如「市場性」、「運動性」、「功利性」、「媚俗性」等非詩性印記和其他文體所剝離和負載的東西之後，現代主義新詩會更純粹地實

❹同注❷，第一九三頁。

現它自身的目的。

三、一切跨越藝術革命關頭的探索不可避免地是偏執而又深刻的。關鍵在於如何在新的時代面前坦誠反思「唯我獨具現代」的「現代主義或後現代主義情結」，同時善於利用過去的強大資源，最終以我們自己民族的語言寫出我們自己民族的此時此地的現代感——我們畢竟還是達到了某種輝煌的境地，而詩又確實是一種「永遠面臨永無止境的冒險的藝術」（艾略特語）。

四、在日趨複雜混沌的事實世界面前，一切的批評文本都僅僅只是一種不同角度的注釋與提示而已。作為第三代詩的較早關注和鼓吹者，本文無意破壞當代詩潮自身體內的創造性流向，而只在於以一種較為特殊的角度和深刻的偏激以引發詩界真正深刻而有價值的思考。像維特根斯坦(Ludwig Wittgenstein)所比喻的那樣：只是提供了一架供登高一望的梯子——也許本文的立足點完全失當，也許「一次性消費」是當代及未來文化消費之必然，也許高質量的「一次性消費」遠遠超過低質量的任意次「重讀」，也許對詩歌文體的本質性偏離會導致一種新的詩歌文體的誕生——而自然界從來也未嫌過物種太多，而我們確實無需給剛剛獲得一點自由進程的現代主義新詩套上任何一種新的枷鎖。

五、維特根斯坦曾在談到哲學時作過一段驚人的評述：「一個人陷入哲學的混亂，就像一個人在房間裡想出來又不知道怎麼辦。他試著從窗戶出去，但是窗子太高。他試著從煙囪出去，但是煙囪太窄。然而只要他一轉過身來，他就會看見房門一直是開著的！」❺

——是的，房門一直是開著的。

❺ 引自《回憶維特根斯坦》，商務印書館一九八四年版，第四十五頁。

一九九五：散落於夏季的詩學斷想

世紀末

「世紀末」或「世紀之交」，已如新版貨幣，在當前的理論界「通貨膨脹」起來。文化批評、文學批評，當然也包括詩歌批評，都在用它。然而它卻是一張未標明「面值」的貨幣，誰也說不清這兩個詞確切的負載是什麼。有一些反思，有一些前瞻，還有一些些焦慮情結。

我想提示的是：僅就文化而言，一九九九這個年號，對西方人或許只是一百年或僅只十年的世紀末，對中國人，則可能是一千年乃至兩千年的世紀末！是千年的反思、千年的焦慮，用老百姓的話說，是個「大坎」。

……斷裂與承傳，坍塌與支撐，剝離與裂變，駁雜與梳理，清場與重建，分化與整合，現實與理想，以及困窘與尷尬——所有的命題（或問題）都非百年之積固，而呈現空前的凝重與嚴峻。

而文化乃詩之母液、之土壤、之大氣層。文化的世紀末即詩的世紀末，作為「危機時代的詩人」（大荒語）❶誰又能完全逃逸於這時代的危機？

我是說，詩人不應成為「文化動物」（韓東語）❷，但也不能對文化毫無思考；按時下流行的理論術語來說，我們無法脫離當下的「語境」來言說當下或言說歷史與未來。多年來，我們一直在呼喚中國詩歌及中國文學的大師而終不得一見，其根本原因何在？

表象：主體人格的破碎和主體精神空間的狹小；

深層：賴以植根的文化土壤的「失養」（係我生造之詞）和詩人、文學家以及一切文化人對此「失養」的迷思與失語。

大師產生於開始意識到自身危機的民族和時代。

世紀之交的中國新詩

這確實是一個特殊的時空點，一個終結與起點的重合，一個拒絕與重涉的交匯——所有

---

❶ 大荒，臺灣著名詩人，語出大荒詩集《存愁》自序。

❷ 韓東，大陸著名詩人，語出韓東詩論〈三個世俗的面目之後〉。

的命題以及所有的步程，乃至我們已使用習慣所謂「約定俗成」的所有用語（詩學的與非詩學的），都需要重新檢驗與梳理，需要新的思考。

到世紀末，中國新詩八十年，如此短暫而匆促的步程，卻成就了世紀的輝煌，我們該為作為這個世紀的中國詩人而驕傲！儘管身處一個非詩的時代，我仍然堅持認為：整個二十世紀中國文化的艱難進程中，唯有新詩是其最為閃光的深度鏈條，是身處多重困境的中國知識分子唯一真實而自由的呼吸，並成為與世界文明進程和人類意識對接的、最敏感最前沿的通道；我們再造了詩的國度，也最終僅以詩為最大的慰藉。

八十年，拓荒者已成為歷史莊嚴的記憶，第二代將成為世紀的大樹，跨世紀的一代（新生代）將步入中年的成熟，並用他們的肩去扛來新詩百年大典。尤其令人欣慰的是，使用同一母語而在不同時空下形成的中國新詩之三大板塊❸，正經由兩岸數地有志之士的推動，漸趨於歷史性的對接和整合，從而成為逼臨新世紀的大中國詩壇一片初露的曙光！

在世紀之交的特殊時空下，我們該有我們的成就感和自信心，同時也要清醒地看到我們所面臨的挑戰和自身存在的問題。

回視來程，三代詩人在「三大板塊」三度不同的時空下，將浪漫主義、現實主義、現代

❸ 關於「三大板塊」的詳論，可參考本書〈中國新詩的歷史定位與兩岸詩歌交流〉一文。

主義以及新古典、後現代都不同程度地匆促走了一遍，且因匆促而止於初步的深入。實則我們基本上一直在參照他者所提供的「圖紙」建造著現代漢詩的各種房子，並漸漸「定居」了下來。現在是到了重新審視這些「圖紙」和這種「定居」的時候了——我們該有我們自己的設計和建築，至少，是更多的自己。

實驗性、探索性、發散性——缺少的是：自律性與自足性；

必須尋找新的、自己的光源！

我們經歷了一個普遍放任的時代，因而，控制、提高和濃縮便成為必然的重涉——對經典的重涉：創造一種新的規則，並擁有號召力，而不是任何他者（西方的或我們前人）的投影或複製。

守望與孤寂

金錢、物欲以及以視聽文化為主導的商品文化的全面籠罩，已將純正的詩歌逼為一座孤島，「守望者」的稱號正成為這時代對詩人蒼涼的命名。

守望什麼？

人類靈魂的詩性和語言的創世性。

保持並不斷拓展一個民族和一個時代中的詩性精神空間，以此抗衡原始本質和技術控制對精神的「鈣化」，以獨自讓生命得以新生與鮮活，讓詩性靈魂在意識形態混亂和金錢當道之中繼續前行。

然而，當時代的共同想像關係解體後，個人化的詩性言說、寫作，又何以重構集體烏托邦式的所謂「人類詩性靈魂」呢？

不敢妄談「使命」。或許，我們只是以跋涉為神廟的香客，播撒的是破碎而靜寂的足音（鐘聲!?）——我們只有固守自己的孤獨和崇高，而期望更多這樣的自己的額頭漸漸明亮起來時，那「世界的暗夜」（海德格爾語）不也就漸漸有了光亮了嗎？

在不老的山河（田園、鄉土、植物……）面前重新審視自身生命的孱弱和疲乏；在家園的追尋中反視現代人迷失的生存狀態；使世界的無意義顯出意義，使人類的世俗存在顯出神秘存在，使生命的混沌性顯出澄明性——這是我們共同的守望。

怎樣的一種「守望」呢？

「在時空上保持某種程度的孤立，是產生偉大作品不可或缺的要素。……事實上，我們所受的痛苦，不在於神學信仰的貶值，而在於孤寂氣質的消失」——重溫羅素(Bertrand Russell)的這段話是必要的。

平靜下來，作孤寂而又凝重、沉著的人——守住，且不斷深入，進入科學而誠實的工作狀態；精神的持久力量，承擔的勇氣，承受的意志，以及為存在及萬物命名的語言敏感——這是時代所要求於「詩城守望者」或「孤島住民」的人格魅力與精神狀態！

守住：愛心，超脫，純正！

從容的啟示。

呼喚與嘔吐

一個有意味的現象——

以浪漫主義為發端的中國新詩，歷七十餘載探尋與展開，在世紀末的時空下，又大有復歸浪漫主義（或披著現代主義外衣的浪漫主義）主流的趨勢——隨著實驗詩歌在九十年代的全面式微，一種不無逃逸性的、自我撫慰式的、空心吟誦和複製的「時尚」便悄然主導了詩壇的流向；我們的現代漢詩再次變得更「豐富」，也更貧弱。

詩的意義價值在於對人類精神空間的打開與拓展。近代中國人的精神空間幾度歸閉，從未真正打開過。現代漢詩的歷史性崛起，對民族精神的拓展是空前的。這種拓展一直成為兩個向度的展開：呼喚的、籲請的、期望的和嘔吐的、批判的、質疑的，前者落實於文本，為想像世界的主觀抒情；後者落實於文本，為真實世界的客觀陳述。兩個向度，兩脈詩風，正負拓展，不存在優劣對錯之分。問題在於：就詩運而言，前者總是倡行興盛，後者常遭阻遏沉寂；就詩質而言，反是前者總是充滿了語言的焦糊味和精神虛妄症，至今難見真正讓人感到真切可靠的言說，後者則擁有如北島（半個？）、瘂弦、于堅這樣徹底的現代主義代表詩人及其經典詩作，以及九十年代異出的伊沙式的後現代創作。

人是能想像未來的存在者，也同時是能發問此在的存在者；拒絕與再造，清場與重建，以及嘔吐與呼喚，將是跨世紀的詩學命題。我們絕不拒斥呼喚，拒斥給這個日益枯燥的世界更多的詩的撫慰、詩的夢境。然而，面對日益增生的生存毒素（包括文化承傳中的和現實後積的）與語言毒素（包括意象迷幻、隱喻複製、觀念結石、言說範式等），我們是否更需要詩的拷問、詩的力量呢？

嘔吐——導向語言意識的革命和生命狀態的重塑。而這種抱有終結與重建的「嘔吐」，需要更堅強的意志和承受力。

傳統正審慎地歸來；
先鋒有待新的出發。
想像界，真實界，神話寫作與人的言說——重涉的兩極展開。

面臨同一個挑戰：如何穿透文化工業的迷障，使處於後現代語境下的詩歌閱讀進入新人類的「文化餐桌」成為可能。

批評的轉型

在現代漢詩由詩歌精神的革命轉向詩歌語言的革命，由群體性、運動性寫作轉向個人化、專業性寫作後，詩歌理論與批評的轉型遂成為必然。

批評成為自在的本文、自足的言說而非創作的附庸；理論不再只是關於詩的話語而是對詩說話；在對詩歌作品詮釋的同時進入對詩學本體的詮釋，且對以往詩的批評與理論概念予以重構，以闡明此前比較含糊不清、人云亦云的問題與命題，進入有理論支撐的批評，發掘那些存而未說的東西——引進新知識，進入新語境，對新的挑戰（如大眾傳媒、視聽文化）發言，開闢新視野，建立新權威。

目標要求：科學性、本土性、現場性、歷史性、權威性。

一、當前批評的問題：

㈠因勢利導多，缺少對詩學本體的切入；

㈡大而無當，偏重於對詩歌精神的言說，缺乏對詩歌語言、技藝的審視；

(三)與現場脫離，失去批評的現實意義；

(四)趨流趕潮，缺乏誠實的、沉著的本真批評；

(五)概念領先，失於細研文本。

二、當前理論的偏差：

(一)概念混亂——包括命名、分期、定義等；

(二)語義紊雜——生拉硬扯、自我纏繞等；

(三)話語黏滯——不明確、不清晰、黏滯狀、缺乏控制和梳理等；

(四)唯西方為坐標，缺乏本土性；

(五)缺乏嚴肅性與科學性，尤以對文本把握的粗淺和例證研究的隨意性為害；

(六)權威的缺席。

現代詩出發是多向度的，它永遠處於途中，沒有統一的終結。這樣，對詩的批評也就先天性地難以用一個尺度（如老舊的二元論；「懂」與「不懂」；好與壞；大與小（境界）；高與低（品位）；冷與熱（情調）；晦澀與明朗（語境）等）去衡量，也存在著多種展開的可能性——但不能由此便忽略批評的自律和自重。

現代詩多元展開的可能與形成之間、詩思的自由性與詩體的局限性之間、主體構想中抵達的深度與文本凝結後抵達的深度之間所隱藏的對立與誤差，可能是現代詩學最主要、最基本的命題。

對能力的考察和對技藝的關注。

想到查爾斯・紐曼的(Charles Newman)一句話：「我們正處在那些我們只能詢問我們怎樣弄清楚常識的歷史關頭。」(《後現代氛圍》)

轉型——對所有的用語重新審視；

轉型——對所有的命題重新發問。

詩意的困擾

當代詩人的困境在於他們已被所謂「詩意的」語言團團包圍，黏滯或陷落於其中，而依然要進行所謂「詩意的」言說。

這就有如一隻靠吃蜂蜜而非靠採花粉來「釀蜜」的工蜂，只有「釀」（醞釀、釀造）的行為，失去了「採」（採尋、發現）的過程。如此釀出的「蜜」的味道，便可想而知了。

於是你會發現：所謂「詩意盎然」原來是個很可笑的詞。那些看似非常有詩意的分行文字，其承載的卻是我們早已熟悉的東西，成了「詩意厭倦」。這種因語言纏繞所蒸騰的詩意的迷霧，常常讓正常的人發暈！

過剩導致了匱乏。

於是出現了一個荒誕的命題：我們所謂的「詩的語言」不是太少了，而是太多了?!

正如德里達(Jacques Derrida)所說：語言中的每個字都如同一枚硬幣，在使用流通中不斷沾上新的「蹤跡痕」，直至其上的頭像日漸模糊，所以流通使得每枚硬幣更豐富也更貧窮。

流俗的詩意與生疏的力量。

或許跳出詩意反而救了詩？

問題在於普泛的詩人們一旦想作詩人或已經作了詩人，便漸漸只會或只想說「詩的話」而忘了或不再會說「人的話」——真誠而堅實的、富有鐵質和血性的、普通人的話。

> 在這樣嘶啞的時代飛著的鳥
> 它與我們有什麼關係❹

語言的貴族化導致了詩意的流俗。

---

❹ 引自大陸青年詩人沙光〈讓我們面對力量之輕〉，見《中國詩選》一九九五年卷。

重讀伊沙的〈車過黃河〉——「列車正經過黃河／我正在廁所小便／我深知這不該／我應該坐在窗前／或站在車門旁邊／左手叉腰／右手作眉檐／眺望　像個偉人／至少像個詩人／想點河上的事情／或歷史的陳賬／那時人們都在眺望／我在廁所裡／時間很長／現在這時間屬於我／我等了一天一夜／只一泡尿功夫／黃河已經流遠／」❺

這是另一種聲音——來自更年輕的軀體（我不想說「靈魂」），通向新人類即更年輕的世界；它是詩的，突兀而生疏，遠離我們熟悉的「詩意」，提供了另一種詩的可能。套用阿多諾的一句話：如今，唯一真正的作品是非作品之作品。

讓我們重新「粗糙地」開始……語言與詩意的搏鬥。

語言的困惑

需要更深的追問是：什麼是詩的語言？

該令當代詩人們追懷的是那個離我們已很久遠的，第一個把雨稱作「雨」、把女人稱為「花」的詩人——一次命名，就是打開一個新的精神空間——那真是全新的，未被任何「東西」觸及過的、完全陌生的精神空間。

---

❺ 引自大陸著名青年詩人伊沙詩集《餓死詩人》。

能為我們打開新的精神空間的語言便是詩的語言嗎？應該是這樣的。至少，它應是詩的語言的基本功能。命名、開啟、創世的功能。

可對於現代人類而言，什麼樣的精神空間才是「新的」呢？是別人以及大家都未熟悉的，或只有詩人一個人可領略的陌生嗎？

另外，是由詩人自己「打開後」呈現給讀詩的人，「請君入甕」式的新的精神空間，還是經由詩人間接激活而「開啟」了讀者原就存在而被遮蔽的精神空間呢？或者二者都是？

我已被自己提出的問題所困而失語。

回到語言本身——

在普泛的詩人那裡，在傳統詩學中，語言是作為被創作主體所役使的工具而存在的。這是一個很大的、長期不被人驚覺的誤區。持這種語言態度的詩人，常常反被語言所役使，失去自己言說的真在。這裡的語言，當然是指僅僅被作為工具看待和接納的「他話語」。

語言既是給定的，又是生成的；既有能動性，又有遮蔽性。一般人較注意語言的如何使用，對使用中的遮蔽性則常為忽略而反為其累。有如我們是被偶然間拋入到這個世界上來的一樣，我們也同時被偶然間拋入了這個給定的語言環境。在我們使用它之前，它已存在了，納涵著前人、他人的智慧，又暗藏著這智慧無意間構成的陷阱。在它的生成發展過程中，不斷被古人、前人、文人、聖人、高人、凡人、智者、庸者以及外來者填充進無數的理念、概念、觀念、俗成約定之念等「硬物」——沉澱、鈣化、累積；定義、定形、定勢，漸漸失去它原初的命名性和鮮活的能指性，成為「語言結石」和「語境範式」。此即舊體詩到了現代必然被新詩話語所替代的根本原因。即或是新詩，歷經幾十年的打磨填充，也漸生積蔽，有待革新與再造。

到了當代，詩人們與語言的關係又經歷了一次有意味的換位——由作語言的主人，變為語言成了言者的主人；言說者或聽由語言的牽引，或依附、寄生於語言，語言成了役使者。是一次進步的換位，也依然是一次迷失的進步。

既懷著敬畏之心去侍奉語言，與之交心，與之對話，潛心傾聽語言在給定的面目之後，那隱秘的呼喚和提示。同時，又帶著靈動之思去叩問語言，使之顯形，使之變化，在去蔽而後敞亮之中找到與你生存體驗相契合的新的語素、新的語境。持這種態度，方得語言真諦，並最終形成一個優秀詩人應有的、獨特的語言品質。

在熟稔中敲出陌生！

遠離慣性，轉換視點，給出一個新的說法或說出一個新的東西，便是給出或說出了一個新的精神空間——

一滴水被隔於水外，它學會了言說
並要持久地經歷：是什麼水❻

意象與張力

一個老舊的詩學話題，卻總是需要重新提起。

有一種說法：寫詩就是創造意象；有如寫一首「壞」的詩，不如去創造一個新的意象。

一個意象能否成為一首詩？

一首沒有意象的詩能否成為「好」詩？

兩者都應成立。

其一，上節「語言的困惑」最後所引兩句詩便只有一個意象，即「學會了言說」的「一滴水」。儘管這兩句詩是從詩人一首詩中抽離出來的兩句，但一旦分離出來，可以看出它足以獨立成為一首完整的詩。而在原詩中，它是其眸子，自明的光亮照耀著非意象的成分；是其

❻ 引自大陸青年詩人沙光〈像推土機一樣笨重地前進〉，見《中國詩選》一九九五年卷。

核，自足的張力支撐起詩中其他部分。這種自足自明的意象，我稱之為「晶體意象」；這種詩句，我稱之為「純粹詩語」。

其二，沒有意象也可成「好」詩（沿用這種模糊的說法），古今中外，可找到不少的例證。意象是詩的主要元件，但不是唯一元件。詩的成敗，主要看各個元件的配置和構成。少用意象甚至不用意象，這樣的寫作，需要更高的智慧，並成就另一脈詩風，其主要特性是語言轉換，即再造口語和詩化敘述性語言，所謂高僧說家常話，但這家常話中所含「高深」的底蘊卻非家常人所能為。

其實我們讀詩，不僅只為幾個新奇的意象，幾句不凡的句子；真正的讀者是求整「篇」的審美效應。而意象本身也有詞構、句構、篇構之分，或實意實象（單質的），或虛意實象（多質的），或虛意虛象（深度彌漫的）；而大象無形，大意無旨，意在象外，象外有象，不一而足。此外還有「事象」，即含有戲劇性張力的事物原型，同樣可以入詩。

唯意象是問，實已成詩壇積弊。這裡有一個詩學誤解，即以為詩的張力即來自意象和意象密集。於是許多詩人靠「密植」意象來「擠」出張力，卻不知你擠我我擠你，反而產生了張力互消的副作用，讀中亂雲飛渡，讀後一片茫然。如此過於繁複密集的意象堆砌，常導致語境滯黏生澀。需要的是嚴謹的組織肌理與古典式的制約。

詩的張力有二：一是產生於閱讀過程中的局部張力，我稱之為前張力；一種是產生於閱讀後的整體張力，我稱之為後張力。真正優秀的現代詩人，多著力於對後者的探求而成大氣。實則大多數詩人所經營的意象，多屬於「流質的」、不能自明自足的「意象碎片」，個體質量不足，便難免要靠「密植」取勝，到了卻成為「意象浮腫」，反為其害。

聚焦、收攝、內凝、朗現，回到肌質，抵達語言的原生狀態；進入智慧的寫作。

完整與碎片

僅就詩而言，完整的概念不是指作品經由起、承、轉、合而達到的所謂結構的完整，那反而可能是一直需要打破和予以解構的東西。

完整是指作品內含的獨立性和作為一首（部）作品的完成性。

這是一個因了「完整」這個概念的傳統性而一再被忽略的問題——誰提誰就「保守」，但它又總是成為一個問題，最基本的問題。

在一些偽實驗詩歌中，在普泛的青年詩歌界，因完全沒有「完整」意識所致的放任與隨意化，使其作品成了破裂的、斷片式的播撒（借用後現代的一個詞）。我們從他們充滿詩的狂熱的手中得到的，常常只是一杯草率勾兌出來的「雞尾酒」，而非經自己苦心釀造且長久窖藏而後示人的陳年佳釀；或常常只是一盤各式水果的切片而非一只只渾圓的果實（切片從何而來，另當別論，但可以肯定的是，很少是自己種自己摘的）。讀多了便會發現：一個意象是另一個意象的影子，這「首」（應該算「段」）詩是那「首」詩的延續，流質的飄移，全無定所，他心裡可能還明白，可凝凍於文本中的東西所表現出來的，卻一點也讓人不明白——知道他想說啥，但沒說成。

在一些詩人那裡，你可以認為這是一個實驗性的過程而非目的；在另一些詩人那裡，則永遠是個問題。

也有以此為「目的」、為「創新」、為「探索」、為「榮」者，且終於找到理論依託，自號為「後現代」，實則根本扯不上。

虛妄的缺乏內省的自信，使年輕的目光總難發現：表現出來的與想要表現的之間那隱秘的落差。

而碎片只是碎片。

而寫作是控制的藝術。

——渾圓地生成，寧靜地墜落，帶著汁水、芳香和核。

一個完整而獨立的創造。

原創性或說法與說

原創性——這是大詩人與小詩人、卓越的詩人與庸常的詩人最本質的區別之處。原創性的詩人，常常用一句或幾句詩，就為我們打開一個全新的精神空間——所謂「警句」，亦即上述「純粹詩語」的意義大概就在於此了。

而非原創性的詩人，則只是用許多詩句和意象去解說一個原本就已存在的精神空間——儘管是詩性的，亦即有一定詩美情趣的言說。讀多了，我們會發現，他們並未說出什麼新意，只是其說法與前人、古人、他人稍有不同而已。

介於此二者之間，還有一種詩人：他的詩的言說，雖然也是指向一個業已存在的精神空間，但不同的是，一經他那樣說了之後，別人就不必要再說！

瞎子摸象，明眼人畫象，好獵人捉來一頭象。天才與象為伍，並擁有一座陌生的森林。

一個空間只有一個焦點，你要找到它；

一個時代有無數新的空間，你要發現它。

即或說不出新的東西，也要找到新的說法——誠實、赤裸、靈動、好奇；拒絕既成性，拒絕慣性寫作，回到「初始狀態」。

詩，是原創性的藝術，創世的言說。

永遠的冒險！

最後的悖論

在上個世紀，上帝「死」了；

在這個世紀，人「死」了；

在今天的中國——

知識分子「死」了——教育者向被教育者認同；

啟蒙者「死」了——指路人先得為自己找路；

大寫的詩與大寫的人也「死」了——在集體烏托邦式的寫作消解之後；

書寫文化也正在「死」去——在視聽文化空前絕後的肆虐下……

詩該怎麼活?!

一邊開啟了生命的本質、人的目的，一邊又迷失於「手段」的王國——言說即是言說生命，可生命的本質缺失之後，言說又有何意義？

最後的悖論，也是最初的悖論；
世紀的迷津——空心喧嘩。
何謂：人詩意地棲息？
誰一無所有，誰就不存在；
我們幾乎一無所有，可我們暫時還有詩。
有詩，我們存在。
就這樣——只能這樣……

拓殖、收攝與在路上

——現代漢詩的本體特徵及語言轉型

壹

一個古老的、曾經那樣輝煌而有效地命名並鎖定了古典中華民族精神空間的詩的中國，在二十世紀下半葉，最終被另一個詩的幽靈所徹底解構，離散為千沼百湖狀的多元狀態，實在是一個千年的巨變，是這個世紀之中國文化進程最為重要的遺產。

從白話詩的發難，到現代漢詩的全面確立，現代中國詩歌精神，經由幾代詩人的努力，實現了歷史性的轉換：由超穩定性的、以封建中心話語為核心的古典封閉系統，向變動不居的，以現代性生存經驗為底背，且與外部世界打通同構的多元開放系統的轉換。這一轉換，對二十世紀中國人的精神空間和審美空間，發生了創世性的拓殖效應——在這個充滿憂患、對抗和各種危機的世紀裡，現代漢詩已成為百年中國文化最真實的所在，成為向來缺乏獨立人格的現代中國知識分子真實靈魂的隱秘居所，也同時成為中西精神對話最真實的通道。在不斷消解狹隘的階級利益和狹隘的民族利益的困擾，頑強對抗封建殘餘與意識形態暴力的迫抑之艱難過程中，現代漢詩最終以獨立的現代精神風貌和豐滿的現代藝術品質，與世界文學接軌，與現代人類意識交匯，成為二十世紀人類文化寶庫中不可缺少的一個重要組成部分。

這是一場從精神到語言的全面變革。變革的過程，大體可分為三個階段，我曾由此將其劃分為三個板塊：第一板塊為二十年代至四十年代的新詩拓荒期；第二板塊為五十年代至今的臺灣現代詩；第三板塊即大陸自七十年代末崛起，橫貫整個八十年代，繼而深入九十年代的現代漢詩大潮。如此劃分的目的在於想指出：現代漢詩的歷史性轉換，最終是由後兩大板塊共同完成並確立的，而「現代漢詩」這一區別於以往「白話詩」、「新詩」等稱謂的新的詩學框架，也應大體框定於後兩大板塊——所謂「現代漢詩詩學」，我想，應該是以此為出發而作展開的。

詩歌精神的轉型，是伴之詩歌語言的轉型而生的。由「五四」開啟的「白話詩」，經由全面拓荒後形成的第一板塊，主要完成了由古典話語向現代話語的轉型，而後兩大板塊，則經由多向度的突進，深入推動了新詩更深層次的語言轉型——

其一，由一元中心的意識形態話語，向多元分延的生命話語的轉型；

其二，由以集體記憶和歷史記憶為核心的共識話語，向消解了共同想像關係的個人話語的轉型；

其三，由單一的，以想像世界的主觀抒情為主的抒情性話語，向分流的、以真實世界的客觀陳述為新表現域的敘述性話語的轉型。前兩度轉型，導致了意識的革命和生命的重塑。第三度轉型，則直接促使新詩表現域度的大跨度拓展和根本性變化，也是現代漢詩詩學最值得著力研究之所在。

貳

或「言不由衷」，或「辭不達意」，脫離由啟蒙運動開啟了的新的精神空間，無法成為新生活的組成部分而形成「語言空轉」——這是新詩向舊體詩發難的根本動因。一方面，現代漢語已開始創造現代中國人，現代中國人的精神面貌已體現在現代漢語中，這是必須直面的歷史現實。另一方面，經由上千年的打磨，古典詩語已太過於光滑，以致使現代人無法再自由行走，需要新的摩擦力，新詩由此邁向了由古典詩語向現代詩語轉換的步程。這一步程的啟動，主要來自對西方浪漫主義詩質的接種，且逐漸打磨出新的「光滑」，出現了新的「語言空轉」——生存的問題越是尖銳，詩人的言說越是虛脫，重新泛濫於九十年代大陸詩壇的語言貴族化傾向，使我們對由單一抒情性話語向分流的敘述性話語的轉型之必要性與重要性，有了更深刻的認識。

新詩顯然已形成了新的傳統，這種傳統是高蹈的、抒情的、翻譯性語感化的，充滿了意象迷幻、隱喻複製、觀念結石以及精神的虛妄和人格的模糊，失去了對存在發問、對當下發言的尖銳性，也失去了進入新人類之「文化餐桌」的可能性。其實有別於這一「傳統」的另脈詩風，早已存在於現代漢詩的進程中，其代表人物，在臺灣，是部分的瘂弦。在大陸，是早期的韓東和集大成者于堅，以及於九十年代新崛起的伊沙等。正是這一脈詩風，活用口語，再造敘述，回到日常語言的大地並激活出生疏的力量，以富於寓言性和戲劇性的細節與經由選擇而控制有度的敘述，賦予非抒情性的自然詞序和平凡語言以全新的詩性和更廣闊的表現力，真正抵達融語言的真實與人的真實和世界的真實為一的境界。這一轉型，不但極為有效地拓殖了現代漢語的詩性功能，也改造和豐富了現代漢詩的語境，成為現代漢詩中最為深入而堅實可信的詩性言說。

由詩性的歌唱轉而為詩性的言說，由想像界轉而為真實界，由神轉而為人，這是更為智慧、更需意志力而非僅憑激情與想像的寫作。這種寫作不只是找到了一種與當代人生命質素更相適應的表層形式，同時更表達了對一種生命形式的尋找——本色、真實、直面存在、體認普泛生命的脈息和情緒，投射出健康而富有骨感的人格魅力——由此詩性主體發出的言說，具有更單純的力量和更高的內涵，消解了為想像而想像的矯飾、為抒情而抒情的虛浮，同時也便拆解了想像界與真實界、說「詩話」與說「人話」亦即可說與不可說的界限，使現代漢詩成為一個真正廣闊而堅實的開放場。而僅就語境而言，這一語言轉型所生發的澄明、硬朗之美，也是對抒情傳統的繁複、朦朧之美的極為重要的互補。走出一再被複製的隱喻系統，直接進入存在，用口語化的陳述敲擊存在的真髓，同時注意對事象與意緒的詩性創化，以「高僧說家常話」的手法，追求文本內語境透明而文本外有彌散性的後張力——很明顯，這樣一種語境，是更契合我們這個時代且向未來開放的，也使現代漢詩之專業的或非專業的閱讀者，有了更多的信任感——在多元文化語境下，這一信任感的確立，對現代漢詩的生存與發展，無疑是至為關鍵的。

參

對敘述性詩歌話語的高度評價，旨在全面確認現代漢詩的本體特徵，以重新梳理其建構策略。

誰都明白，失去想像力的現代漢詩依然是「不可想像的」。我們依然要維護詩的高蹈性，使之避免成為公共輿論機構和大眾傳媒所造就的「消費文化」的犧牲品，保持其「精神家園」的理想境界。於此同時，我們又必須伸出一隻臂膀或叫作垂下一隻臂膀，深深插入現實的大地，作負面的承載，清除日益增生的生存毒素和語言毒素，以讓真的生命、真的詩性在價值觀念混亂和金錢當道之中繼續前行。

這是從詩歌精神的角度而言。換一個角度，單從語言說起。我們知道，進入九十年代之後，一直在整個現代文學的進程中，起著啟動與前導作用的現代漢詩，已逐漸失去往日的影響力而變得孤弱沉寂起來。儘管從現代漢詩詩運而言，這是一個必要的間歇，由放任的拓殖到自律的收攝的間歇，是成熟起來的表現。但由此也激發了詩學界的思考，不少學者便首先落視於對語言的檢視，提出諸如「重新認識傳統」、「母語的純潔性」、「文本失範」等等問題。

這裡首先需要確認的是：現代漢語是否就是我們的母語？如果是，那麼在用此母語思維和寫作時，不斷提出對傳統消解的警惕是否有意義？在伽達默爾(H-G. Gardemell)看來，傳統具有過去、現在和未來三個向度，是流動於過去、現在和未來整個時間性的一種過程，傳統始終是我們的一部分，而非只是過去時的。實際上，百年文化變遷已形成了我們無法抽身他去的語言處境，我們再也無法握住那隻「唐代的手」（柏樺〈懸崖〉詩句），也只能站在現代漢語的土地上發言。誠然，現代文化的變遷，使我們猛然間失去了古典中國的「家園」，從此踏上了不歸路的、永遠在路上的行程，但這是我們必須認領的歷史境遇，我們只能就此前行，不再作「回家」的夢。顯然，「在路上」的寫作與「在家中」的寫作有著本質的不同，原因是，「在路上」的生命狀態對藝術的訴求和「在家中」的生命狀態對藝術的訴求是不一樣的。「在家中」的寫作，無論是出世的還是入世的，是「仙風道骨」還是「代聖立言」（「聖」與「家、國」同構，「言」即「志」），都有一個較穩定而可通約的文化背景作憑藉，因而其言說是具有公約性和可規範性的，寫作者也在有意與無意間追求這種公約和規範。「在路上」的寫作，則完全返回自身，返回當下的個在生命體驗，且因文化背景的巨大差異性和變化性，無法再有「規範」可言，寫作者也不再顧及這種「規範」，亦即寫作本身也成了一種處於變動不居的、「在路上」的狀態。

實則經過多年的紛爭，大家都已開始認識到，語言在使用中必然要不斷突破原有系統，突破語言規律而不致被凍結，使語言在藝術的直覺中不斷自我超越，這正是詩的本質所在。由此我想到，有如長期糾纏於諸如傳統與現代等所謂「基本問題」（實際已成「不良問題」），不如回過頭來，體認現代漢詩就是「在路上」的這一最根本的本體特徵，潛心於對這一特徵之內部語言機制變化的勘察，大概是現代漢詩詩學最可著力而有所作為之處。

以此去看上述兩類詩風的語言走向，自會有新的領悟。幾十年的實踐已表明，高蹈之作，總難避免重蹈語言貴族化的傾向，這已成積弊。要說現代漢語入詩，有讓人不放心的地方，就是因移植而形成的翻譯語感的作怪，以及由此生成的語境的隔膜感。許多詩人寫的詩，完全是西方詩歌的中國式「高仿」，恐怕翻譯成英語比漢語還漂亮。而當語言複雜和隔膜到令人疲憊不堪的時候，人們自會感到厭倦而失去審美興趣。其實所有那些人類智慧的大師，都是口語表達的奇才，而能在尋常生活中抓住生命要義的人，亦即能用平常語言言說生活真義和詩性的人，才是真正得詩之真諦的詩人，也才是真正有能力對存在發問，對當下發言的強者詩人。這種強者詩人之強，在於其語言的獨立，且是獨立的活話語，能更直接更靈活地反映不斷變化的時代語境與精神實質，同時也從根本上得以消解因「語言殖民」所導致的從語勢到語義的互文性和複製感，富有原創性地、鮮活而生動地言說我們自己的現代處境。應該說，所謂現代漢詩之跨世紀的深入發展，也才由此落在了實處。

新詩八十年，三大板塊，三次崛起，都是以精神拓殖為主導的——啟蒙思潮之於「五四」白話詩；文化放逐所致的文化鄉愁之於臺灣現代詩；人的復歸與生命意識之於大陸新詩潮——可以說，我們經歷了一個極言精神而疏於藝術收攝的過渡時代。隨著三度語言轉型的完成，隨著「運動情結」和「角色意識」的逐步消解，隨著富有專業風度之終生寫作姿態的出現，我認為，這一漫長過渡應該結束了。

有傾心於拓殖的時代，便該有潛心於精耕細作的時代。詩是語言的藝術，精神的拓殖最終要經由藝術的收攝來予以體現、予以完成。一個從未學過書法的詩人是否能成為書法家？同理，一位從未深入過詩歌寫作的哲學家是否可以成為詩人？這是不言而喻的。依然普通存在的「辭不達意」或「言不由衷」，有主體人格的問題，更有藝術質素的問題。實際上，隨著意識形態的中心坍塌，現代漢語的詩性想像與詩性言說空間，是空前的擴展了，其精神資源也更加豐厚了，它給當代詩人提供了一個極為難得的歷史際遇，遺憾的是，我們大部分的詩人，卻在這時猝然間老去！

僅憑精神驅動造就的是大批熱愛寫詩的人，以及幾個「登高一呼」式的「風雲人物」，只有那些潛沉於詩歌藝術，且具有整合能力的詩人，才會成為真正優秀的、跨時代的詩人。

「收攝」的命題由此提出——

對於依然「在路上」的現代漢詩，收攝不是鎖定，不是整合為一統的所謂「經典範式」。收攝是指在每一向度的精神拓殖中，找到更契合這一精神向度的言說方式——各自飽滿的方式；麥子的飽滿和水稻的飽滿，而非只種一種莊稼。同時注意讓各種潛在的新的藝術質素，得以充分滋生，最終進入自然的自律。

對於在「對抗」消解之後，處於嚴重失語狀態的現代漢詩詩學，收攝則是一個全新的開啟。我們多年來已習慣於以前導性的姿態發言，失於對詩學本體的深入，包括技術層面的研究，陷入大話的自我纏繞和脫離現場的理論空轉。實際上，當現代漢詩已呈現為一種有邊緣而無中心的集合，一種彌散性的擴張狀態時，我們有許多十分具體的工作可做。譬如——

一、深入文本的「技術性」分析：

㈠是否說出了新的東西，亦即對一個新的精神空間予以了詩性的命名？

㈡是否同時給出了新的說法，亦即命名的原創性？

㈢其言與其思與其道之間是否達到了和諧貫通，亦即說出的與想說的之間有著怎樣的落差？

二、深入詩人本體的「狀態性」分析：

㈠什麼樣的狀態？

㈡是複製性的還是超越性的？

㈢是專業性的還是非專業性的？

㈣是否具有人格的獨立性和語言的獨立性？

三、就語言而言：

㈠用西方時間性、知性的語言邏輯接種於空間性、感性的漢字母語，到底發生了怎樣的裂變？這裂變與我們的精神進程有何契合或悖謬？

㈡現代漢詩經由三次語言轉型後，出現了怎樣的藝術差異？有無整合的可能？怎樣的可能？

四、就詩與非詩而言：

㈠規定什麼是詩，肯定是錯誤的思路，但指認什麼不是詩，是否是當代詩學應該考慮的問題？

㈡只能這樣才算好詩與無論怎樣都可以寫出好詩之間，是否該有個可通約的過渡帶？怎樣通約？

五、就編選科學而言（這是問題最多也最混亂的領域）：

是否能在每一種「主義」或路向的範疇裡，把原創性的作品留下，把投影和複製性的作品剔除掉，再研究其原創的份額和程度，一些有關詩歌本質的問題可能會由此清楚一些，這是編選的歷史任務，不能再攪在一起亂編下去——把麥子的優良品種挑出來，也把稻子的優良品種挑出來，然後重新播種。

鑒於本文的重心所在及篇幅所限，以上僅作問題提出，不再展述。而我最終想說的是：我們無法脫離當下現代漢詩已具的現實廣原，去建構他在的什麼詩學體系。打破線性的文學史觀，以更為開放的視野，反思「精神拓殖」、著眼「藝術收攝」、體認「在路上狀態」，真正進入一個科學工作的時代——在這個時代裡，我們知道我們只能做什麼和只能怎樣做，從而在一種更為嚴謹的自律中，去求得更大的自由與成就。

站在新的地平線上

——中國現代主義詩歌運動十年概述

壹、地位

二十世紀八十年代，整整十年，是中國大陸現代主義詩歌全面拓展、豐盈，最終取得巨大成就的歷史性崛起時期。這一空前規模的現代漢詩「造山運動」，無論就其浩瀚的詩作數量，氣象萬千的詩歌質素，還是高手如雲、流派紛呈、深植於幾十萬創作隊伍而熱狂於一代青年的盛大、持久的詩歌運動，都已成為為世界所矚目的、空前的文學現象。

這是一個輝煌的歷史性過渡——上承「五四」新詩革命之啟蒙，下引國際詩壇、主要是西方現、當代詩歌發展之活水，從八十年代初朦朧詩的崛起，到五年後朦朧後各詩派的異彩紛呈……短短十年，我們不但歷史性地趕上了國際詩歌運動的發展，更歷史性地恢復了中華詩歌大國的地位——基礎已十分堅實，山系已初步形成，可以妄言，在這輝煌的過渡之後，在跨入人類二十一世紀的門檻之前，我們奉獻給歷史的，將很可能是足以與唐詩宋詞並肩聳立的中華詩歌之第三座巍峨的高峰！

貳、分期與命名

八十年代的中國現代主義新詩運動，應分作前半個十年和後半個十年——即「朦朧詩派時期」和「朦朧後時期」。

一九八〇年五月七日的《光明日報》發表的謝冕先生具有歷史眼光的〈在新的崛起面前〉一文，對北島、舒婷、顧城、江河、楊煉等「今天」派詩群給予了戰略性的正確估計，並較為科學地從新詩發展的時空角度出發將其命名為「新崛起」詩派。同年八月號《詩刊》，發表了署名「章明」的文章〈令人氣悶的「朦朧」〉，毫無理論依據和理論價值地第一次將北島們的詩謬稱之為「朦朧體」。由此，歷史和貧弱老舊的理論界開了一個大玩笑——當著名的老詩人艾青也開始撰文發表〈從「朦朧」談起〉（《文匯報》一九八一年五月十二日）一文時，「朦朧詩」這個名不副實，毫無科學性、理論性的命名便硬是俗成約定地成了理論界對「新崛起」詩派起初帶有強烈的貶意，後來僅圖說起來方便的通行稱謂了。

對「朦朧詩」的命名是荒唐的，而對「朦朧詩」以後半個十年新的現代主義詩歌運動發展的命名則又墮入一種混亂：「第三代」、「新生代」、「實驗詩」、「後崛起」等等。一九八七年秋，當青年詩人島子主編規模宏大的《中國後朦朧青年詩選》時，引發筆者一種提議：既然「朦朧詩」已成沒有理論的理論用語，我們不可再犯第二次錯誤，還是以新詩發展的時空為依據，將「朦朧詩」派以後崛起的現代主義新詩群體統稱之為「朦朧後詩派」似乎更妥當些。島子接受了這一提議，將書名改為《中國朦朧後青年詩選》（遺憾的是該書終因發行渠道不暢而未能出版）。筆者認為，當時的這一命名尚是比較科學的。

同時，若依據謝冕先生「新崛起」理論，將十年中國大陸現代主義詩歌運動統分為「新崛起詩派（時期）」和「後崛起詩派（時期）」顯然更為科學準確。對十年新詩潮有過卓越貢獻的青年詩人、詩評家徐敬亞，在其著名的〈圭臬之死——朦朧詩後〉長文中，堅持使用了這一命名和分期，顯示了他獨具的理論眼光。

參、流派價值

「朦朧詩派」是對當代中國新詩表現內容即主題的一次全面突破、拓展和解放，一次詩歌思想的革命。它的歷史價值在於，在「寫什麼」這個爭論了幾十年的問題上來了個徹底的反叛和突進，開創了全新的詩歌表現領域，恢復了自由的、個性化的探索和創作。尤其重要的是，「朦朧詩派」所發出的聲音，幾乎代表了整個當代中國在社會大變革和東西方文化猛烈衝撞的浪潮中，所突現的科學、哲學的探求，及新的個體生命意識的探求等時代意識，並作了最先鋒、最深刻、最全面的折射和傳播，從而影響了整整一代人乃至推動了其他文學的革命。

誠然，相對於「朦朧詩派」以前的詩歌來說，「朦朧詩」確實展現了一個全新的詩美世界，但畢竟只是一種大面積的拓荒而遠非成熟。在這一點上，謝冕先生是中肯、穩健和目光深遠的。而孫紹振先生在一九八〇年同時提出的「新的美學原則在崛起」的估價，是到「朦朧後詩派」群體中才真正得以全面實現的——權以「文以載道」傳統理論來作評，「朦朧詩」的主要價值仍在「載道」之新而非變文之新。

「朦朧後」崛起的新詩群，則是對當代中國詩歌表現形式即文體上的一次新的突破、拓展和解放，一次現代漢詩語言的革命。它的歷史價值在於它在「怎樣寫」這個本質性的問題上作了一次全面的實驗與突進，史無前例地開創了自「五四」之後最大面積、最寬範圍、最多方位、最大效應的現代漢詩之藝術新天地，從而為現代漢詩最終形成自己成熟的、獨特的藝術表現形式奠定了堅實的基礎。

這是真正肩負承前啟後、跨越世紀的一代詩群。站在這一群體最前列的，首先當數以韓東、于堅、丁當為代表人物的「他們」詩派從作品到理論的堅實而卓越的貢獻。然後是「非非主義」特殊的理論效應和實驗精神（周倫佑、藍馬、楊黎等為代表），石光華、廖亦武、歐陽江河、李亞偉等四川「漢詩」及「整體主義」詩群所呈現的新的詩歌理想與才氣，駱一禾、海子的「大詩」氣度和「聖徒」精神，以及以各自的光芒輝耀了整個「朦朧後」詩壇的孟浪、呂德安、翟永明、陸憶敏、于小韋、王寅、小海、張棗、柏樺、陳東東、西川、唐亞平、小君等人。

同時，歷史還將深刻地印記下由牛漢先生主持改刊後的《中國》，對新崛起詩群短促而有力的鼓促與扶植。記下劉湛秋先生主持《詩刊》期間所表現出的寬容與大度。記下《詩歌報》的破土創刊，及其幾年來所展示的全力推動現代主義新詩向縱深發展的勇氣和眼光。記下由徐敬亞等人發起並與《詩歌報》聯合促成的「一九八六：現代主義詩群體大展」。記下《他們》、《非非》及《一行》（由嚴力在美國主辦）等海內外民辦詩歌刊物的歷史性影響。

肆、缺憾

一切潛心研究這十年現代主義新詩運動歷史的人不難發現：儘管詩人的領地上很少有像今天這樣「人口稠密」，卻又始終存在著一個巨大的空白——對抒情長詩以及史詩從作品到理論的一再忽略！從報刊發表到選集出版以及各類大賽，無不有意無意地將長詩排斥在外。即或個別刊物偶爾發表幾部「大作」，也總給人一種勉強為之而非理論把握的感覺。於是組詩應運而生，然而組詩終究只是組詩（還不說大量的所謂組詩僅只是一些短詩的硬性拼合），根本無法替代長詩的地位。傳統的現代的批評家們至少都公認一個基本的認識：無論是一個偉大的詩人還是一個偉大的詩歌運動，都不能沒有偉大的宏篇巨製——抒情長詩和史詩來作為其形象的最終標誌。一句話，我們應該有我們的《神曲》、《浮士德》和《荒原》……

這是一個一再被忽略了的空間——這兒幾乎空無一人，但這裡肯定是一個輝煌的空間；這是一個歷史性的缺憾——我們不得不承認，長詩（史詩）是一種特殊的植物，它不是在任何土壤都可以生長，在任何氣候條件下都能得到繁榮的——在各種可能的原因之外，眼下最令人沮喪的首先是：我們太缺少那種真正純粹，真正有理論把握和歷史眼光的編輯了。

或者，我們也許應該重新認識長詩、史詩在當代的定義？

伍、預言

……初起的潮頭已漸漸遠去，奔突於峽谷中的激揚喧騰亦已漸平息。「山隨平野盡，江入大荒流」，流深而水靜，十年現代主義詩潮終於以大江長河之勢沖入二十世紀的最後十年，並開始它更雄渾、更深沉的行進。

站在新的地平線上，首先應該看到，由於各種歷史性的局限，過去十年的現代主義新詩運動的潛力並未得以充分的展示和發揮。十年只是一個過渡——一個艱難而輝煌的過渡，一個面向未來的偉大的奠基！

而又一個世紀末，在中國，該是一個科學的、文化的，同時也是詩的、狂飆突進式的時代。中國人口的特殊結構，導致了今後十年將有近三億少男少女集中進入青春歲月，形成中外歷史上皆為罕見的一次青春大聚會。而青春的歲月正是詩的歲月，歷史已再三證明，當代新詩已愈來愈成為青年與文學、哲學、文化的先鋒性維繫，幾乎一切具有現代意識的命題，都無不率先以詩這種敏銳、輕捷、靈動、超驗和富有探索性的文學品種為載體而凝聚、折射與傳播——這無疑將是中國現代主義新詩運動未來發展的最大的驅動力！

由此可以預料，進入九十年代的中國大陸現代漢詩，在對「朦朧詩派」和「朦朧後」詩群體作以歷史性的反思與整合，並有機地吸取海峽彼岸現代新詩之經驗與成果之後，必將出現更新、更輝煌、更宏大壯闊的詩歌浪潮，並最終完成可與唐詩宋詞比肩而立的現代漢詩之藝術高峰的歷史使命！

泱泱三千年詩國，新的太陽才剛剛升起，我們將迎接真正的黎明。

過渡還是抵達

——關於後現代詩的幾點思考

進入九十年代後的中國新詩，無論要談理論還是談創作，似乎都已不能僅僅著眼於大陸詩壇。隨著近年兩岸詩界日趨準確、全面的歷史性「對接」與「整合」，一個可稱之為「大中國現代漢詩」的「場」已客觀存在。至少，臺灣現代詩發展的現實，已成為我們思考諸多理論問題的不可或缺的參照。談後現代詩，也是如此。

就大陸詩界而言，自八十年代中期，亦即朦朧詩後崛起的第三代（以一九八六年現代詩大展為標誌，又稱新生代）詩，可以說是充滿了「後現代式」的喧嘩與騷動的，一部分詩人的作品也頗具後現代意識。但從一九八六年後至今的新詩潮總體進程來看，無論是理論批評還是創作本身，似乎一直處於未界定狀。至少，鮮有文章指認誰是「後現代詩人」，怎樣的作品是「後現代」的，亦未有詩人自已打出這面旗號來。而這期間海子、駱一禾的非後現代之轟動，所謂「麥地詩」、「鄉土詩」的泛濫，新古典、新現實旗號的招搖，也使一九八六年大展前後的「後現代」態勢日趨式微。這一兩年又「火」了起來，也多在理論界「炒」來「炒」去，創作方面則不顯山不顯水。

從理論上講，臺灣詩界尤其是青年詩壇，應該說是「過來人」了——頗具寓言性的「鄉愁」情結，自上一代延傳下來的文化根性之閹割，對歸宗傳統的迷失與漂泊，尤其是步入接近後工業社會後的生存現實，整體上確已進入「後現代氛圍」。然而作為一種「後現代詩」文體的確認，尚一直未有定論。故有「有後現代理論，無後現代作品」的說法。

這便是東方的迷津！談中國新詩乃至一切藝術的「後現代」，首要的問題是如何面對這一迷津。

實則對於眼下的中國詩壇來說，掛在人們嘴上的所謂「後現代主義」，大都是趨於一種從後現代的角度去看或從後現代意義上去說的「意向性趨動」，而非真正進入理論的建構與導引。尤其詩人自己，更無法確定「我要寫後現代詩了」等等。假如純粹拿引進的西方各種後現代主義理論概念來套中國詩的現實，則又難免只是一種虛擬，落入另一種非後現代性的話語權力中心了。

看來先得弄清的是：其一，中國有無後現代主義的現實存在？其二，現時空下的中國人自己的後現代感是什麼？其三，由此產生的詩創作的基本特質有哪些？

作為晚期資本主義後工業社會的一種文化現象，臺灣顯然已是一種較廣泛的現實存在。大陸雖不具備理論意義上的經濟依據，但作為一種世界性的精神話語，後現代主義的文化因子也已日趨急速地滲入人們的生存之中，並經影像、廣告、音響、快餐以及各種流行媒體而畸型膨脹。黃河照樣流，長江照樣流，只是兩岸的風景已變了味。

提出現在時空下中國人自己的後現代感之命題，在於必須面對東西方語言與生存的本質性差異，這種差異必然導致作為西方文化進展產物的後現代主義進入中國本土的異變現象。任何無視這種異變的理論，都是自欺欺人的「玩虛」。有無後現代感是一回事，產生怎樣的後現代文本又是另一回事。

表現在大陸上的後現代感可主要歸納為：

一、歷史感、責任感的消解與對商業文化現實的初步認同；

二、神性生命意識的缺失與世俗化的繁衍；

三、對「主流話語權力」的拆解或忽視，由此產生多元共生或邊緣中心化趨向，以及個性自由的空前張揚；

四、不可遏止的反傳統衝動，包括對所有既存藝術模式、理論、語言的再審視和由此生發的多層面多向度實驗；

五、表現在各類藝術文本中的新潮性、寓言性、世俗性、反諷性、不確定性、混雜性、宣洩性、無主題、無深度、冷敘述、反高雅、反抒情、反英雄等；

六、對語言的全面關注、質疑與再造。

看來，連這塊古老的大陸也相當「後現代」了，實則也只是知識界、文化界及圈子裡的一種初始存在，但其日益擴大的影響已不可低估，其中「感染」最甚者首推詩與繪畫。短短幾年，各種後現代、準後現代式的演練已全面改變了包括臺灣在內的當代中國新詩的面貌，但若要對其歸納出基本的特質，似又比較空茫。儘管上述中國式的「後現代感」在這些演練中都有不同程度的表現，但就文本來說，總體感覺尚是一種對現代主義的繼續，一種現代與後現代的過渡性文本。一句話，我們已經存在詩的後現代之氛圍和氣候，而後現代的詩之存在則有待認知。

於是又回到那個東方的迷津——何以一九八六年後現代式喧嘩之後又趨於平靜？何以喧嘩六、七年之後仍雖有氣氛而鮮有文本？何以即或一些頗具後現代意識和態勢的詩人們一旦進入作品後，又總是常常將後背「靠在舊文化之母體」上使之走調變味？何以連臺灣這樣基本「後現代化」了的地方，也只是有理論而無作品呢？

也許我們連真正的現代主義都未能深入？如同我們很少有過真正的現實主義一樣。

什麼都喜歡拿來「耍耍」，什麼都最終「耍」不徹底，「耍」變了味——這就是中國。

理論的全面引進與文本的全面異變（已出現和可能出現的）——這就是中國「詩的後現代」。

一種過渡而非抵達；一種漸進的、家傳的、不可逾越難以拆解的改良而非飛躍。

必須趕緊聲明，上述用詞都不含褒貶色彩而屬中性的。正視也不是認同，是中國文化的禍還是福，仍是一個無解或有無數可能解的命題，一個「後現代」式的後現代命題。

回到題目上：本文的「過渡」和「抵達」有兩層意思？其一是指認中國詩的後現代目前是一種「過渡」還是「抵達」？其二是想提出需要的是「過渡」還是「抵達」？我是說，假如異變是不可消解的，我們「抵達」的又是什麼？必須「抵達」嗎？「抵達」後的中國新詩又會站在世界格局中的怎樣的位置？

最後的感覺是：現在談詩的後現代，不是早了一點，就是虛了一點。

運動情結與科學精神

——當代中國新詩理論與批評略談

……初起的潮頭已漸漸遠去，奔突於峽谷中的激揚喧騰亦已漸平息。「山隨平野盡，江入大荒流」，流深而水靜，十年現代主義詩潮終於以大江長河之勢沖入二十世紀的最後十年，並開始它更雄渾、更深沉的行進。

這段文字，是筆者在一篇題為〈站在新的地平線上——中國現代主義詩歌運動十年概述〉的文章中，對進入九十年代之中國新詩的形象化描述。絕非虛妄的樂觀，今日中國詩壇，至少就理論與批評來看，所謂「正宗詩壇」（又稱作「第一詩壇」）之「主流效應」，儘管仍時有回潮，但終已漸近衰亡乃至虛有，真正實在的「第二詩壇」，亦即當代中國現代主義詩歌之代表力量以及廣大的青年詩歌界，幾乎已無人理睬這種「權貴理論與批評話語」的存在。包括一代年輕的詩人理論家（徐敬亞、周倫佑、韓東、于堅、藍馬、唐曉渡、歐陽江河、王家新、陳超、島子等）在內的「新崛起」（或「新時期」）理論與批評家們，經過十年的奮爭與突圍，已形成自己的明確立場和堅實的抗衡力，並為現代主義詩歌創作實踐所確認，從而並肩進入實質性的、自在自主的發展時期——這是一次輝煌的「突圍」，現代漢詩之理論話語權已經轉移，我們面對的未來之挑戰，將主要來自我們自己。

站在新的地平線上，回顧和反思十年之艱難「突圍」，應該清醒地看到，我們的現代主義詩潮，從作品到理論與批評，都帶有強烈的「運動態勢」。這種「態勢」於「突圍」時期是完全必要的，也是不可避免的，可稱之為「史的功利」。問題在於「突圍」之後，若不及時消解這種「態勢」，依然滯留於其慣性之中，就難免會成為今天重新起步的障礙。「新崛起」理論是在對抗中生成和壯大起來的，一旦對抗消散，我們還有沒有自我行動的能力？即或是對抗依然存在，我們是否也應該把更多的注意力放在自身的建設和早已「遠去」的創作實踐上去？尤其重要的是，似乎很少有人反省到，過去極大地推動了現代主義新詩潮發展的「新崛起」理論效應中，有相當的成分是帶有可稱之為「運動性導引」的性質，而非純粹的理論建構的。當運動逐漸消解，現代漢詩漸次進入更深層次，更個性化發展時期時，這種理論效應便漸顯乏力，出現「二度滯後」狀態，乃至一些諸如「搶山頭」、「爭話語權」等不良心態和分裂現象也漸現端倪。究其深層原因，除了理論與批評家們個人人格與文化根性之外，我們在過去十年的策略性運作中，不知不覺所借重的「運動情結」，已同樣不知不覺地形成了新的遮蔽。

這種「遮蔽」實在可以說是由來已久的中國特產，近百年中國歷史所演出的種種悲劇，其深層癥結，無不含有「運動情結」這一固有之病根，它幾乎已滲透進每代和每個中國人的血液之中。無論是朦朧詩時期，還是朦朧後即第三代時期，我們對整個現代主義新詩潮的崛起與迅猛發展缺乏心理和理論的準備，傳統的斷裂使我們紮根甚淺，長期的閉塞又導致對外來文化的生吞活剝，而歷史又必須邁出這一步。於是，再一次借助於這種「運動情結」，從而使我們的詩壇太像一個混雜繁亂的「市場」和「運動會」，普泛的詩人和理論家們又太一味迷戀於創新舉旗、趨流趕潮而缺少基本的獨立思考和科學精神。在探索的時代、奔突的時代，這些都無可非議，而當這時代結束，這種歷史性的「遮蔽」就成為首先需要突破的東西。

還有另一種遮蔽——來自西方的遮蔽。引進變成附會，借鑒演化成闡釋權，「搶占理論制高點」以趨於新的「話語權力中心」正成為新的功利誘惑……如此等等。

實則這些完全只是理論與批評界自身的困擾，遠離當前新詩發展之實在，也必然與創作實踐相脫節。這種「怪圈」理論界已多次墜入。當年輕的「新崛起」理論家們尚沉醉於剛剛爭得對朦朧詩的闡釋權時，更年輕的詩人們已開始「第三代」，亦即新生代詩的突進，而遠遠將朦朧詩拋在身後；當學院中的新批評家們尚在「後現代」、「解構主義」等西方最新文學理論概念中清理思緒時，這些「主義」的詩文本乃至土生土長的理論文本早已在《非非》、《他們》等第二詩壇形成和發展；而當「主流話語權力」漸近式微，作為十年現代主義新詩潮之理論代表們開始關注於新的「理論話語中心」之構想時，進入九十年代的新詩創作本身，則早已既不認那個中心，也不認這個中心，只是「獨善其身」或進入可稱之為「邊緣中心化」狀態了——對於現代漢詩，這無疑是天大的好事，對於現代漢詩理論與批評，則是一個新的挑戰——我們不能再沉迷於策略性運作而難以潛心詩學本體，建設是比「突圍」更艱難也更重要的事情。在精神暴力困擾尚未解脫，而經濟暴力困擾又猛烈襲來的新困境中，我們更應保持自己的一點純潔性和責任感，而面對如此動盪而不平凡的世紀末，現代主義新詩理論也必須重新調整自己的方位。

對此，我主張「二度拒絕」與「重新進入」——

首先，是對一切或舊時的、或新式的「運動情結」的拒絕或叫作消解，尤其對一些含有過多策略性、運動性的，從理論到創作的實驗，應適當持一分冷靜的保守態勢。提倡科學精神，提高整合意識，以進入自由、自主、多元而又嚴謹的理論態勢。這裡面包括對傳統的再認識（我們反對強加予我們的，千百年來沿以為習，一再翻版的所謂「傳統之精華」，但絕不能就此放棄對傳統之本真血緣的追尋與再造)，以及對十年現代主義漢詩理論已有成就的再認識。

其二，拒絕對西方詩學生吞活剝、亦步亦趨式的附會，進入「本土意識」，即關注本土詩歌創作與理論的生成和發展，探究現今時空下中國人自己的現代生命體驗與現代詩歌體驗。這裡絕非重彈「越是民族的越是世界的」的陳腐論調，我們深知，狹隘的民族利益和狹隘的階級利益，是導致中國現代新詩以及整個文學無法形成世界性影響，與真正大師級作品相形見絀的根本癥結。但不能因此就想像自己要成為非中國的「世界詩人」，乃至以西方詩學為唯一的價值尺度，去趕這主義、那主義的「場」。西方現代詩學植根於西方人的生存困境，而我們有自身的、完全不同於西方人的生存困境。引進甚至拿來都是必要的，我們只是想提倡一種紮根本土的開放，否則，最終都只能演變為附會，而附會則是自我的消亡。

其三，拒絕虛假的批評作風，以及由此生成的大而空泛的新形式主義的批評文本。新的時代已不再需要虛張聲勢，期待真正嚴肅公正的批評家和誠實的、實質性的、藝術的、個性化的批評精神。

以上三點，其根本問題是消解「運動情結」，包括告別「新時期」、「新崛起」情結，面對新的現實，真正進入科學性、原創性、本土性、自主性之境界，使理論成為理論，既非創作的附庸，也非「舶來品」之「炒賣」，自成體系，有自身的驅動力、生命力和超前性，以最終求得從另一個維度，躍入新的時空，創建我們中國自己的、面向未來的現代漢詩之詩學殿堂。

誤接之誤

——談兩岸詩界的交流與對接

發軔於八十年代初而於近年日趨繁盛的兩岸新詩交流，看看已逾十年之久。這期間的前半段，主要是大陸對臺灣現代詩的大量介紹，以後才逐步發展為「對接」性的局面。站在臨近世紀末的時空下，回首看這一段「對接」歷程，無論有多少偏差和缺失，都不失之為近八十年中國新詩史上，一件深具歷史意義的宏大工程。所有為這一「工程」付出過真誠投入和心血的兩岸詩人和學者們，都會為未來之中國詩史所珍視。

然而必須看到，欲使這一歷史性的「對接工程」能更好地發展下去，確需兩岸有識之士對以往的交流有一個全面、冷靜的檢討和再重視，以求在新的共識上進入更為科學、真實而真正為歷史負責的新的進程。對此，於一九九二年底在臺灣創刊的《臺灣詩學季刊》（已出五期），連續就大陸對臺灣現代詩的編選、賞析、評介等問題，刊發了一系列討論發言和專題文章，引起兩岸詩界的注視，乃至引發了一些爭論，無疑為兩岸詩學交流之總結和再出發，開了一個好頭。在此，本文無意參與這些爭論，只是僅就這些年交流與對接過程中存在的諸多問題，談一點個人之見。

壹

作為一種特殊的文學現象，兩岸詩界的「交流」和「對接」已成為兩個不同內涵且有質的區別的理論概念。「交流」帶有自發性、普泛性、隨機性，「對接」則是設定性的，具有科學性質和史學價值；交流講究全面，對接要求準確。「對接」及「對接工程」這一概念，筆者較早提出，但似乎一直未引起足夠的呼應，已逾十年之久的兩岸詩界之握手，似乎仍然滯迷於浮面的你來我往之熱熱鬧鬧中，難得沉靜下來從中理出一點頭緒，把握一些脈絡，化「交流」為「對接」，成為一項現代漢詩之詩學工程，以謝歷史，以示後人。

這其中固然有諸如時空阻隔、意識形態困擾等外部原因的影響，但其主要因素還是源自兩岸詩界本身。歸結起來，大概有以下四個方面：

其一，缺乏足夠的心理準備而致隨意性；

其二，缺乏基本的理論把握而致盲目性；

其三，缺乏嚴肅的科學精神而致浮面性；

其四，缺乏歷史的整合意識而致破碎性。

貳

兩岸詩界交流，是隨著時代的推動而被動開啟的，雙方都沒有足夠的心理準備。隨機隨「緣」，各懷不同的動機趨向，其投入後的狀態是可想而知的。

從最早於一九八〇年和一九八二年由人民文學出版社出版的《臺灣詩選》㈠㈡，到花城出版社推出的「席慕蓉旋風」，以至近年各種重量級、大部頭的所謂「賞析」、「辭典」的問世，從形式和數量來看，大陸詩界的投入，確夠熱切而廣泛的。其中也不乏如流沙河先生所編著的《臺灣詩人十二家》、《隔海說詩》等較有品味的介紹，但總體說來，大多流入隨手拈來、隨意推出之弊端。

或急於填補學術空白，或傾心於港臺文學「有賣點」，是造成上述弊端的基本心理困擾。前者的意願無疑是良好的，也迎合了大陸詩界急於了解那個隔離甚久的彼岸文學狀況的好奇心理。但讓歷史尷尬的是，一大批匆匆忙忙的「填補者」，卻基本屬於大陸詩學界的「落伍者」，大有乏於「此」轉而求其「彼」的嫌疑。實則「求彼」未嘗不可，這一新的領域總得有人去開拓，問題在於投入時的心態如何。僅從幾年下來各方面的反應來看，確實處處可見因浮躁、急促、粗淺等不盡如人意的運作所留下的遺憾；「空」是填了，而「白」依然很多，乃至有意無意間形成「誤導」。也難怪最終引起彼岸詩界有識之士的疑惑和不滿。

「賣點」問題則十分明顯，說穿了依然是個心態趨向問題。是拿「交流」作「生意」，還是真作學問？由此導致的商務性運作使本就隨意化的交流更加錯位——「席慕蓉旋風」就是一個典型。幾近天文數字的發行量，其唯一的正面效應是激發了臺灣詩人主動「登陸」的熱情，而怎樣「登陸」亦即如何正確向大陸詩界介紹自己，對臺灣詩人來說，同樣是心裡沒底。便只有各隨「機緣」，先求得聞達，顧不得苛求理解，急於「歸宗」「認母」的親情心理成了主要因素。於是總是「見樹不見林」，長期滯於「知」而不「解」的浮面交流。

反觀臺灣詩界對大陸現代詩的引進和介紹，也同樣由於缺乏心理準備，先是被動遲緩，後又發展為散亂無定，結果依然是「知」而不「解」，「見樹不見林」。

參

長期的時空阻隔，各種歷史成因所形成的困擾，交流初開，「場」不明，脈絡不清，其隨意和散亂應該說是一個正常的過程。關鍵在於要及時進入理論把握之運作以防止流於盲目。而這一點，正是兩岸詩界交流和對接中最大的一個缺失——實際上，缺乏理論把握的交流，永遠也進入不了對接的層次，而最終也就失去了交流的價值！

顯然，「有急近功利之『心』，無理論把握之『識』」，已成為漸次冷靜下來的兩岸詩學界趨於一致的認識了。

進入八十年代後的大陸詩學界，一直存在著新與舊、激進與保守、先鋒與傳統、民間（非主流）與官方（主流）兩種理論話語場，其理論素養、批評視野、詩學立場以及話語方式有著本質上的不同。尤其一批新生的青年前衛理論與批評家們，為推進大陸現代主義詩潮的崛起與發展，起了決定性的作用，其各自卓然不凡的理論建樹，已為海內外所嘆服，並聚合為中國現代主義詩學之基礎與主導。

然而讓人大惑不解的是，這些真正具理論實力的大陸批評家們，除陳仲義等少數幾位間或涉筆執言外，大都鮮有投入對臺灣現代詩的研究，而致「話語旁落」。這裡有客觀上的原因，譬如潛心於本土風起雲湧的現代主義詩潮而無以分心等等。但實際上還是潛藏著一個理論誤解的問題——「臺灣詩美而小氣，就是那麼回事……」這是長期人云亦云、飄浮於大陸詩界的一種普泛誤識，也先入為主地迷惑了不少前衛批評家們。但不管怎麼說，作為現代主義漢語詩學之雄心勃勃的拓荒者和執牛耳者，如此幾乎是整體性地、輕率而又長期地將八十年（至本世紀末）新詩史中一重要板塊棄之不顧，實在是一種歷史性的「誤失」！

而「旁落的話語」根本不具備理論把握的能力——觀念陳舊、角度褊狹、語言俗套，主觀、表面、粗淺，大眾化、模式化、單一化……一片浮光掠影，盡歸「鄉愁」、「回歸」，乃至至今還在那糾纏什麼「懂與不懂」、「晦澀與明朗」等為現代詩學早棄之腦後不成命題之命題，其造成的理論遮蔽和誤導是可想而知的——誠如劉登翰先生所言「實際上在我看來，這些都不能進入學術研究……」（請注意，劉先生在此還自謙地將自己的一些研究也包括在內，其嚴謹的治學風範讓人感佩！）❶當臺灣詩學界在那裡抱怨「新時期詩學表現在對臺灣詩的詮釋上，出現了理論的貧乏」時❷，實不知這只是「貧乏的理論」在那裡詮釋，而真正代表新時期詩學的理論和批評家們，卻基本上並未介入。作為臺灣詩界應該考慮的，倒是何以臺灣現代詩「登陸」後，總是難以進入前衛理論和先鋒批評的視野？

這是一次雙向度的缺失——臺灣詩學界對大陸現代主義詩潮從文本到理論的介紹，也同樣缺乏全面的、準確的、本質性的把握。尤其對朦朧詩後亦即新生代、後現代代表詩人的研究甚少，基本上滯留於部分文本的選介，且多是以大陸向臺灣各詩刊詩報自然投稿為基礎，各自為陣、離散而零亂地介紹而已（除《創世紀》詩雜誌有過幾次有策劃的、集約性的、輔

❶ 劉登翰，〈大陸的臺灣詩學討論會〉發言，見《臺灣詩學季刊》總二期，第三十三頁。

❷ 游喚，〈大陸有關臺灣詩詮釋手法之商榷〉，見《臺灣詩學季刊》總二期，第九頁。

以理論述評的大動作外）。

同樣令歷史遺憾的是，臺灣有實力的理論與批評家們，也一直鮮有人潛心對大陸現代主義詩潮從宏觀到個人文本的研究而致「話語空落」。諸如「他們現在玩的我們早已玩過了」，以及以「先行者」自居的褊狹姿態也時有所聞所見（實不知這是從質到量都完全不同的兩段進程），其潛在的心理情結有待他解。

肆

沒有理論把握的交流，再熱鬧到了也只是一場「熱鬧」。兩岸詩界之交流和對接，是具有歷史意義的、一個長久而細密的「系統工程」，一切隨意性的、破碎的投入只是不負責任的短期行為。並無大礙，也終無大益。前期交流中出現的諸多失誤和缺憾，有一定的歷史必然性，有些是不可避免的。一些功利性的運作也未必就完全無益，可稱之為「史的功利」，客觀上具有開創和推動作用。但這段過程似已拖得太長，是到了該全面檢視後予以清理和昇華的時候。而一旦真正進入「對接工程」，科學精神和整合意識就成了兩岸詩人、尤其是詩理論與批評家們所應該首先直面而視的命題了。

總是浮躁，總是附會，總是趨流趕潮充滿功利性，缺少基本的科學精神和獨立思考——

這是近百年來中國文人的一個通病。兩岸詩界畢竟出於同一文化根性，難免陷入同一歷史怪圈，而這種弊病必須予以清除。

整合意識的提出基於這樣兩個認識：其一是對兩岸現代詩在近八十年新詩發展史上的歷史定位。對此筆者曾在題為〈世紀之創：對接與整合〉的論文中提出「三大板塊理論」，即新詩發軔到初步成形的前三十年，臺灣現代詩四十年，大陸七十年代末至今的現代主義詩潮這三大板塊；其二是隨著後兩大板塊的日趨全面、準確的對接，一個可稱之為「大中國現代漢詩」的「場」已客觀存在。

也就是說，兩岸詩壇的過去、現在和未來之發展，都已不再是如同以前那樣互不相關，各行其路的存在狀態；從同一源頭出發，用同一母語寫作的現代漢詩，是到了該以一個宏大的整體面對世界、走向新世紀的時候了。

我想，若能持有這一歷史定位和宏觀把握，那些任由「話語旁落」和「話語空落」的兩岸實力理論與批評家們，或可自覺肩負起歷史的責任，以科學的態度和方法，投入到這一意義深遠的「對接工程」中來？

還需有一份超脫精神——超脫意識形態的困擾，超脫歷史成因的困擾，超脫本土意識的困擾，超脫個人功利的困擾。尤其是理論與批評要率先超脫出來，將兩岸現代詩的存在與發展作為一個整體，且納入近八十年新詩歷史進程中去作客觀、全面、準確的研究，在一個新的、基本共識的高度上形成「第三論壇」——「大中國現代詩學論壇」。

這實在是一個十分誘人的構想，若兩岸詩界都能潛心向此方向努力，許多問題便會豁然釋解。譬如，無論是臺灣還是大陸詩壇，多年來都因流派紛爭、社團割據以及個人偏見等，難得見到比較公允、客觀、全面，經得起歷史再檢視，有研究價值的詩和理論選本。對接的雙方尚都不科學、不準確，又何談科學、準確的對接？而歷史已提供了這樣的契機：設想能由兩岸真正有理論眼光和科學精神與整合意識的理論與批評家們，或相互編選，或共同編選出全新的《臺灣現代詩選》、《大陸現代詩選》、《兩岸現代詩選》等以及理論選本，既使兩岸詩壇對各自有一個統一、科學的認識，又向世界展示一個統一、科學的存在，那將是怎樣宏大的局面而使對接真正成為對接呢？

歷史的遺憾已成遺憾的歷史，我們面對的是同一個世紀末的逼臨和新紀元的到來。兩岸詩界的交流和對接，在大陸，已走完一個形式上的回合，在臺灣，似才剛剛起步。而詩沒有國界，所有的雲原屬於同一片天空❸，為黃皮膚、黑眼睛、方塊字共同原素構成的兩岸現代漢詩，期待著一個新的出發和輝煌。

❸借用臺灣詩人白靈詩意。

間歇與重涉

——對九十年代文學流向的幾點認識

進入九十年代的中國文學創作，就小說而言，總是給人一種「空心喧嘩」的感覺。除極少數作家還持有一份對精神價值的關注及歷史責任感外，大都沉溺於個人記憶和話語狂歡的「醉感」之中。由此帶來的正面效應是小說藝術的空前發展和多向度深入，如此大面積的語言與形式實驗所取得的藝術成就，是此前小說創作進程中從未有過的。即或是普通的讀者也會感到，現在的小說確實比以前好讀多了——這裡的好讀是指閱讀過程中新增的語言快感亦即藝術享受而非簡單易讀。

由此帶來的負作用，則是意義價值負載的單薄乃至缺失。好看而不耐讀，缺乏「含金量」，遠離經典性，是大量流通的小說文本共有的弊病。愉悅之後沒有震撼力，軟著陸、輕消費，留不住什麼更凝重深切的東西，從而不斷使人們的期望落空。這裡面不可忽視商業操作所造成的混亂，尤其是長篇小說，常常搞得暢銷書不像暢銷書，嚴肅作品不像嚴肅作品，生出一批怪胎。應該說這是一個無可避免的過程，只是我們在這一過程中逗留的時間已經太長。「空心喧嘩」之後，恐怕將會重涉「鑄靈性」的命題。一個民族、一個時代不可能總是這樣「失心瘋」似地，將詩性言說變成「藝術的」聒噪；由語言、形式向度的單向突進轉而為對意義、精神向度的兼濟或叫作同步，將成為中國小說進一步深入發展無法繞開的選擇。

詩歌則恰好有些相反。在八十年代的文學步程中，詩在語言、形式上的探索和實驗遠遠超過小說，進入九十年代後，則明顯滯後了。這裡的滯後不是說缺少新的創新，而是說對已有的探索和實驗未作更深入的追求以臻完善和沉凝。不斷鼓噪求新求變，造勢不成形，成氣（小氣候）不成器的作法，已成詩壇積弊，且成為滯後的主要因素。

我一直認為，第三代後的中國詩歌面臨的主要問題是技藝問題，即詩歌表現力的問題。當代中國詩人們，在精神向度方面的探求已經相當深入——從他們的各種理論文章、宣言、談話錄、創作隨筆以及可觸摸到的文本指向等可明顯感知到，但其真正通過作品所抵達的精神深度與他們思考中抵達的精神深度之間，亦即他們想要言說的與經由書寫言說出來的之間，存在著相當的落差和缺失。尤其在普泛的青年詩歌界，片斷感、隨意性、流質的東西太多太多，我們從他們那裡得到的，大都只是一些生澀的、未完成的詩的「切片」，而不是一顆渾圓成熟的果實。多少年來，我們一直沉浸於對詩歌精神的言說（包括詩人和詩評家兩方面），很少深入觸及到對詩歌技藝的研討。這兩年，我有意識地轉而集中研究了一下臺灣現代詩，發現儘管因「氣場效應」的作用，其精神質地確實較弱於大陸現代漢詩，但其在詩歌技藝上的探求深度和廣度及已取得的成就，卻正是大陸所缺失的，實在值得借鑒。當然，說詩歌的精神向度探求已相當深入，也是就階段性和與語言向度形成落差的相對性而言。實則就整個當代文學的創作流向來看，價值失落和精神空乏，依然是一個嚴峻的現實。

由此，理論界已開始重提中國文學的「理想主義」這一命題。在逼臨世紀之交的特殊時空下，這既是一種誘惑，又是一種冒險。

說冒險，基於兩個方面的考慮：

其一，對於這種含有命名性質的重大理論命題，總還是要給出個確切的說法。在過去十幾年內，我們已經有過太多不甚科學的、只有隨意說出而後人云亦云隨之約定俗成的命名，留下多少遺憾和尷尬；

其二，要充分考慮到「理想主義」這個詞在過去歷史記憶中的「異味」。用所謂「思想」、「理想」等烏托邦神話作精神迷幻劑，使人成為非人，是二十世紀人類的一大遺產，帶有血腥味的慘痛教訓至今記憶猶新。如何在重涉這一命題的同時，徹底洗刷這一「異味」，使「理想主義」式的言說具有更實在些的可接受性，恐怕是首當其衝要解決的。

說誘惑，是說中國文學發展到今天，確已無法繞開這一重大命題的挑戰。進入九十年代的當代文學，經歷了一個橫向進取的時代，文學的言說空間有史以來空前地被拓展了。這個肩負著語言去蔽運動的橫向進取，無可避免地造成了一個價值失落和意義空缺的間歇時空，但同時又應該看到，正是這種橫向進取，為我們提供了導引新的意義價值取向的驅動力。沒有這樣一次對文學中的「舊靈性」亦即「偽理想主義」實行反撥或叫作「清場」性質的「空心喧嘩」，我們也就無從重涉所謂「新理想主義」文學的命題。

實則所謂「理想主義」說到底本就是個悖論式的命題——給出理想就是給出一個「家」，一個精神家園，而在這個一切都走向不歸路的時代裡，所謂「家」以及「家園」，最終只是一個永遠在途中的、幾乎聽不見而又不能捨棄的許諾或期許；說生活在家中（現實中的家）是一種謊言，說生活在別處（烏托邦）也是一種謊言，真實的生活只是在離開現實之家和走向、返回理想之家的、真實而自由地展開的「途中」。

因此，就個人而言，我更樂意將現時空下中國文學的「理想主義」命題，僅看作是對民族精神空間的拓展，廣義性質的拓展且關注於拓展本身（行動），而非定於什麼主義的進取。假如說八十年代的文學進程，是對民族精神空間的一次打開，即對原已成形（可上推到「五四」）而後被長期鎖閉的精神空間的重新開啟，那麼，九十年代的文學，在經由語言空間的全面拓展之後，必會帶來對民族精神空間的一次重拓。從文學的形式突進（空心喧嘩、語言遊戲）返回文學的本質突進，亦即對語言的創世性和喚神性的重涉，將成為世紀之交的中國文學一次全新的出發。

這裡還附帶想到一個頗有意味的問題：就整個當代文學創作來看，凡是有影響和比較成功的作品，大都是那些帶有強烈的批判意識的、可稱之為「嘔吐性」的創作文本，讀起來顯得比較堅實、真切而有質感。反之，那些帶有理想色彩或可稱之為「呼喚性」的作品，卻總避免不了語言的焦糊味和精神的虛妄感，難以抵達讀者的深心，成功的範例罕有見到。這種現象，對我們重涉「鑄靈性」和「理想主義」的命題不無參考。

中國新詩的歷史定位與兩岸詩歌交流

壹、百年中國與新詩八十載

向晚落幕，又一個世紀末逼臨我們這個東方大國。

至少中國的文化界尚能記得，當十九世紀落下帷幕，二十世紀即將開場之際，曾有多少仁人志士不無真誠而又熱狂地預言：新世紀將是中國文化以及東方文化演主角、唱大戲、光復昔日榮耀、主導世界潮流的時代。

雄雞唱白之後，轉眼便是亂雲低迷的薄暮。回首百年中國文化，我們面臨的是怎樣的反思與結論呢？

向以悠久、牢固、自足雄視天下著稱於世的中國文化，在這個世紀裡遭遇到西方文化空前的衝擊——大引進、大接種、大裂變、大解構、拿來、移植、衝撞、交匯……一條源遠流長的東方文明大河，漸離散為百湖千沼，呈現一片前所未有的駁雜、散亂和混沌。

無論從文化心態、文化性格到文化觀念，無論是思維方式、情感方式還是審美方式，風俗、習慣、生活、語言等等，無一不受到中西文化碰撞和交匯的深刻影響，而發生且發展著遠非外在、浮面、非本質的深層變構；幾千年農業文化的血緣就此斷裂，由其構成的傳統物質秩序和精神秩序隨之拆解，而新的秩序尚未形成——這是一個破壞大於建設、消散大於凝聚、拒絕多於再造、剝離多於衍生、裂變強於整合、解構盛於結構的、漫長而艱難的文化再生之準備和過渡——禍兮？福兮？歷史走到了這一步，自有它的道理，而界說有待另一個黎明，站在二十一世紀門檻前的中國知識分子，暫時面對的只是一個詞：尷尬！

尷尬之餘尚有一點慰藉，即現代中國新文學及藝術（以音樂、美術、電影為主）所開拓的嶄新局面和所展示的宏大進程——以文學為發軔的五四新文化運動，最終也僅可以文學而自慰，這種「偏癱」文化現象，恐怕是始作俑者所未料及的吧？而其中深含的歷史成因，更是有待探討的大題目。

在這一宏大的中國新文學（藝術）進程中，新詩則又占有獨領風騷的特殊地位。以五四為起點的所有新文化於其進發中，唯有新詩持續激盪、一浪高過一浪，並最終擁有輝煌的成就，成為可與唐詩宋詞比肩而立的中華詩歌之第二高峰。

堪與新詩可比的，還有小說（它已成為現代中國人消費量最大的一種文學產品）。其源頭起於明、清，隨著新文化運動的勃興，白話小說的倡行，一度十分繁榮，至四十年代後漸趨式微。直到八十年代，才在大陸出現二度興盛，產生了從傳統現實主義到含有後現代因子的各類優秀作品，也造就了一大批頗有實力和影響的中、青年小說家，為海內外所注目。但若將其置於近、現代整個小說大觀中作一縱向比較，會發現基本上是對西方小說藝術的一種本土演練，對三十年代小說的一種重涉及再造，更未能企及《紅樓夢》等經典著作的藝術成就。而從橫向比較看，與世界小說大師們的傳世之作也有相當的差距。

新詩則不然——這是一種創世式的、造山運動般的崛起，一次全新（從語言到形式到內容）的出發，是百年中國文化中持續高聳的山系之一，其身影的投射，已遠遠超過了詩本身。

新詩成就的歷史意義表現在五個方面：

一、徹底的批判精神

詩是人類生命一種最自由的呼吸，尤其是現代詩（國人故稱自由詩）。因而新詩從本質上是不甘受現實的羈絆和傳統的束縛的，具有最徹底的、先天性的批判意識——從思想的到藝術的，從社會形態的到個體生命的，其自由表現的激烈程度及對歷史和現實的深刻影響，是其他文學無法企及的。

二、超越性的先鋒意識

作為敏銳、輕捷、靈動、超驗性的新文學品種，新詩已成為現代意識和現代審美情趣在現代中國傳播和高揚的最主要通道。一切有關美學、哲學、文化的先鋒性命題，無不率先以詩為載體而折射，並作超越性的實驗和導引。這一先鋒意識，已成為中國新詩發展中熠熠閃光的深度鏈條。

三、持續上升的藝術探索

現代詩人有一種反傳統的「傳統」，是一些永不滿足的藝術「冒險族」。由此產生的強大驅動力，推動著新詩不斷地求新求變，超越已有的成就。這種持續不斷的、加速度般的藝術探索態勢，促使新詩在面對舊體詩的巨大籠罩和其他新文學品種的挑戰中，及時調整自身的藝術形式並占有獨立的領地，且比其他文學藝術較早地趕上了世界文學藝術發展的步程。

四、對東西方詩質的創世性熔鑄

新詩向有「舶來」之嫌，然歷史已證明，正是這種「舶來」，使中國詩歌產生了革命性的飛躍——很難想像沒有這場詩的革命，依舊泡在舊體詩「殘山剩水」中的漢語詩歌會是怎樣的一種境況。而所謂的「中國風格」也並未在這種「舶來」或「移植」中丟失，反而得到激活得到發揚，變近親繁殖式的儒道互補為有雜交優勢的中西互補，為中國詩歌走出國門、走向世界奠定了堅實的基礎。

五、與世界文學的接軌和對人類意識的認同

讓詩回到人、且最終回到對整個現代人類意識的認同上來，是熔鑄了東西方精神、東西方詩質後的中國新詩，留給後世的最寶貴的遺產。在這個充滿暴力、對抗、憂患和各種危機的世紀裡，新詩（尤其是八十年代大陸現代主義新詩潮）已成為百年中國文化最真實的呼吸，成為百年中國人自身生命最真實的所在，成為向來缺乏獨立人格的現代中國知識分子真實靈魂的隱秘居所，也同時成為東西精神對話最真實的通道。不斷消解狹隘的階級利益與狹隘的民族利益的困擾，頑強對抗封建殘餘與意識形態暴力的迫抑，最終以獨立的現代精神人格和獨特的現代藝術品質，率先走出國門，走向世界，與世界文學接軌，成為二十世紀人類文化寶庫不可或缺的一個重要組成部分——詩，再次作為文學中的文學而驕傲；百年中國文化，也最終為擁有詩的輝煌而自豪和欣慰！

貳、中國新詩的三大板塊與臺灣現代詩的歷史地位

由於歷史的原因，中國新詩自五十年代後，一直分割為海峽兩岸各自為陣。進入八十年代中期，幾度春風，交流漸開，使用同一母語而天各一方的兩岸詩界方漸漸熟悉起來。一個

大中國詩壇的概念由此提出，並成為世紀末中國文化一個奪目的亮點。

由這一概念出發，縱觀八十年（至世紀末）中國新詩，似可分為三大板塊。

第一板塊為二十年代至四十年代初的新詩拓荒期。開一代先河，樹百年高標，既有整體的推進，又不乏個性品質的閃光，其大業偉績，已無可爭議地為史家所公認。

第二板塊為五十年代至七十年代的臺灣詩壇。這是在特定的歷史時空下，中國新詩的一次特殊繁榮期。因政治困擾而偏離正常發展漸趨萎滯的新詩進程，在這裡得到良好的承傳和拓展，使這一板塊成為特殊意義的存在。

第三板塊即中國大陸自七十年代末崛起，橫貫整個八十年代的現代主義詩歌大潮。群雄並起，流派紛呈，聲勢浩大，成就卓越，成為中國新詩八十年最為輝煌壯觀的昌盛期❶。

三大板塊構成中國新詩山系的三座高峰，其共同的標誌是：

一、擁有一批水平很高的代表詩人和詩人群體；

二、產生了一大批有廣泛影響的詩作品；

---

❶ 「三大板塊」是個粗略概念，尤以第三板塊，自然還應包括近半個世紀來，在大陸堅持純正寫作的許多中、老年詩人和他們的藝術成就，但作為這一板塊的主體，歷史的看，當屬八十年代之現代主義詩潮。

三、形成了整體的詩歌運動，並由此推動了中國新詩的發展，乃至促進了整個文學的繁榮；

四、對新詩藝術的成熟有突破性的貢獻；

五、與世界文學的對接和與人類意識的交匯。

這三大板塊中，第一板塊已有定論，第三板塊有待後說，本文著重在以大陸論者的立場，全面估價第二板塊亦即臺灣現代詩的歷史地位——作為大中國詩壇的倡議者，我認為現在是到進入這種話題的時候了。過去那種大陸詩學中忽略臺灣詩壇的存在，臺灣詩學中忽略大陸詩壇的存在的不正常現象，是到該徹底結束而融匯貫通的時候了——這實在是一次兩岸比肩崛起的「造山運動」，只是在時空上稍錯前後而已，忽略任何一方，都是有缺陷的。

臺灣現代漢詩，發軔於五十年代。經「移植」之開啟，「超現實主義」之拓展，現代、傳統；晦澀、明朗；歸宗、鄉土；新古典、口白體；知性、感性之紛爭割據，反思而後整合，憔悴而後豐盈，經三十餘年、兩代詩人之詩魂愛心的投入，終形成近八百位詩人、一千三百多部個人詩集、一百多部各類詩選、二百多部詩評論集、先後一百五十多家詩刊詩報的宏大局面，且進入多元共生、詩才代出的良性發展期❷。

❷ 根據張默先生編《臺灣現代詩編目》統計，爾雅出版社一九九二年版。

臺灣現代詩的出發，落腳於「橫的移植」與「縱的繼承」之交叉坐標上，其起步是穩健的，方向是明確的。這裡的「橫的移植」不僅是指西方詩質，也主要包括了西方精神；這裡的「縱的繼承」既指中國傳統人文精神和古典詩美，也含有對新詩前三十年成就的承傳。

對西方精神的「移植」，實質在於強化一向孱弱閒適的中國詩人的批判精神和對外來文化的消化能力。沒有這一移植，詩質的移植只能落空。批判精神的強化和發揚，首要的功用在於保證了臺灣詩人對中國新詩道路的清醒認識。他們在逐步摒棄了政治附庸和社會學成分之後，專注於中國新詩的純正發展，使之不至於在政治危機中夭折，且最終獲得了蓬勃的生機和新的高度，這實在是臺灣現代詩壇對中國新詩的首要貢獻。

批判精神的強化和發揚的另一重要功用是，它有力地激發了臺灣現代詩人對處於危機時代的現代詩之深層意義的追求。從對個體生命意義的探求，到與當代人類精神的契合，以詩性的透視與思考，反映出民族與個人在時代嬗變中的生命情感和精神真貌，從而大幅度地擴展了現代詩的表現層面和哲學深度——這是臺灣現代詩壇的又一重要成就。

相對於大陸八十年代現代主義新詩潮的代表詩人，主要是青年詩人來講，臺灣現代詩的拓荒者亦即後來的主將們，其作為詩人的文化背景是大不相同的。中國傳統的人文精神在他們身上因襲很重，以這種精神去溝通「現代」，便形成兩種效應，即對「現代」的不徹底性和對傳統的再造意識。臺灣詩人們儘管都切切實實地經由了各種現代主義以及後現代主義的文本演練，但在骨子裡一直是充滿猶豫和徘徊的。為此所進行的多次多年的論戰，且以「歸宗」、「新古典」占上風是一證明，而至今僅有後現代主義理論，缺乏後現代主義詩文本以及對詩的口語化實驗的失敗，也都說明了這一點。這種上一代的不徹底性及過早的回歸甚至影響到新生代的發展，後浪未能超過前浪且漸趨整體乏力的現象，恐怕與此不無關係。

而對傳統的再造意識，無疑是臺灣兩代詩人，尤其是上代詩人最鮮明的特點。由此而形成的對現代漢詩之語言和形式的大面積實驗和多向度突進，其豐富的經驗和從作品到理論的豐碩成果，以及其嚴肅、科學的態度，都是深值大陸詩壇借鑒，並必將為未來詩史所重視的。

詩是語言的藝術。現代漢詩面對的是完全信息化了的、主要作為資訊工具存在的現代漢語，從而成為對現代詩人最大的挑戰。臺灣詩人為此自覺地投入了普遍而又富有個性的實驗。總的看來，他們主要著力於對古典詩美語言的再造和重鑄，有機地融匯到現代漢語中去，使其鮮活生動起來，有了新的表現功能和藝術張力。顯然，這一實驗取得了空前的成功，成為臺灣優秀詩人們的一大顯著成績。但同時我們發現，這一實驗深層動機中還夾雜著兩個負面心理情結：一是對現代漢語的盲目不信任感，這是明顯的。二是作為文化放逐者對傳統的「歸宗認祖」感，這是潛在的。作為後者，無可厚非。而前者則造成了臺灣詩壇從作品到理論的一大誤區，即一方面在對現代漢語尤其是口語的詩性表現功能的挖掘和創造上有所欠缺（除瘂弦等個別詩人外），一方面對大陸第三代代表詩人（如于堅、韓東等）所創造的口語化詩的特殊品質，一直缺乏理論上的正確認識；許多臺灣詩人和批評家將其與臺灣所謂「口白體」、「通俗化」等同一視，實在大謬不然。

對現代漢詩之意象的經營，是臺灣詩壇特別突出的一大貢獻。這一經營的長久性、全面性及深入的程度，都是前所未有的，可以說已成為臺灣現代詩的一大優良傳統。由此而創造的燦爛如星河的現代意象，不但極大地拓展了古典詩美以外的疆域，也大大增強了中國新詩的表現能力和豐富了現代詩的審美情趣。同時也應特別指出，這一「優良傳統」到後來也漸漸出現了負面效應，即視意象營造為唯一之能事、唯一之尺度，陷入褊狹之見。其實現代詩是一種多種可能的展開，意象是其核心因子，但絕不是唯一。當代詩歌的著力點已集中於口語的重鑄和文本之外的張力，以及整體性的戲劇效果和寓言性等。何況意象也分為大意象（篇構意象）和小意象（句構意象），而大象無形，大意無旨，意在象外，象外有象，不一而終。大陸先鋒詩人的一些代表作品，對此已有突破性的發展，其深層的理論探討有待另文詳述。

臺灣現代詩的另一貢獻是對新詩理論建設的關注與投入。新詩八十年，強在作品，弱在理論，創作超前，理論滯後，一直是沒解決好的一個問題，臺灣詩人對此有強烈的意識。幾乎所有有實力的詩人都在全力創作的同時，參與理論與批評的思考，尤其在具體的創作手法和技巧的研究上，有深入細微的創見。其著述之豐厚及嚴謹的科學精神，是深值借鑒的。

還有一點，即對長詩和史詩創作的熱忱投入，表現出臺灣詩人深厚的歷史責任感。這也是中國新詩一直薄弱的一環。儘管臺灣詩壇在這兩方面的創作尚未達到一個較高的水準，但其持之恆久的創作態勢是難能可貴的。

三大板塊的劃分，提供了一個宏觀把握中國八十年新詩歷史的尺度。隨著二十世紀的臨近結束，這三大板塊，尤其是後兩大板塊的分裂狀態也該臨近結束了——一個歷史性的對接與整合之「詩歌工程」，便成為世紀末中國詩壇最為注目的構想！

參、世紀之握：對接與整合

對接是歷史的必然，整合是時代的呼求。即或暫時不能統一為一個詩壇，也應從理論上去全面、正確、完整地把握兩岸詩界的過去、現在和未來，不斷了解各自真實的存在，以共同推動中國新詩的發展——這是世紀末兩岸中國詩人責無旁貸的歷史責任，不必急躁，也不能荒疏。假如步入新世紀的中國新詩，依然是如現在般寫著兩部新詩史，可就真的愧對後世了。

然而，由於長達四十多年的隔膜、不了解，一旦真的要說對接，確是一複雜艱巨的「詩歌工程」。一方面，作為兩大板塊之間得有一個了解、熟悉和理論把握的過程，另一方面，兩大板塊各自內部的複雜構成，又成為影響對接的微妙因素。

從整體上看，大陸對臺灣詩界的介紹和引進是較為積極、也較為客觀和全面的。最早對之作全面介紹的是人民文學出版社分別於一九八〇年和一九八二年出版的《臺灣詩選》㈠㈡。一九八二年，《星星》詩刊連載由著名詩人流沙河先生主撰的「臺灣詩人十二家」專欄，精選精評，頗受歡迎。次年成書出版，一時傳為佳談（流沙河先生後又於一九八七年出版《臺灣中年詩人十二家》）。此後從報刊到出版，介紹漸多，至一九八七、一九八八兩年達到一個高潮——據不完全統計，這兩年間僅結集出版各類介紹臺灣詩的選本，就多達十餘部。其中由湖南文藝出版社出版的厚厚兩大部《當代臺灣詩萃》，收入二百八十餘人千首作品，連同一九九〇年再版數前後發行數萬套。此選集之編選雖不算上乘，但如此大面積、大容量的介紹，確使大陸詩界對臺灣現代詩有了一個較完整的粗略的認識，功不可沒。一九九一年二月，由臺灣著名詩人、詩選家張默主編的《臺灣青年詩選》在大陸人民文學出版社出版，也是一次相當亮麗的展出。與此同時，臺灣一些著名詩人的個人精選詩集也漸次在大陸出版。一些文學研究部門和部分高等院校也先後成立了一批臺灣文學研究學會或相應機構，大量論文專著發表出版，以及大批臺灣詩人來大陸訪問講學，漸成為詩壇盛事。

幾十年的隔阻，交流初開，數年之間，能呈現如此局面，應該說，大陸文壇詩壇是堪可笑慰於歷史的。這其中，潮流所至是宏觀因素，而對臺灣詩壇的存在形態（從詩人地位到作品成就的統一認同、明朗格局與歷史定論等）做較明晰、較統一、較公正規範的介紹，則是不可小視的技術性因素。正是這一因素，導致了臺灣詩界對大陸現代詩介紹引進的滯緩、模糊、蕪雜，顯得有些被動無力。

整體上看，臺灣詩界對大陸詩壇的介紹有兩種態勢。其一是打開門戶，從大陸自然來稿中，依各詩社刊物的藝術主張和用稿標準，予以取捨介紹，包括一些詩賽和紀念性選集，也一視同仁。如《藍星》、《葡萄園》、《秋水》、《笠》、《新陸》等。作為同仁刊物，能騰出大量寶貴版面，堅持刊發大陸來稿，投入兩岸詩界的交流，已屬不易之舉。但這種浮面的、形式上的、自然狀態的運作，終難以產生深層影響，也不易取得歷史效應。這其中有諸多非詩的因素，也有諸如資料占有較困難等緣故，但缺乏整體的理論把握恐怕是最主要的。

另一種是帶有理論意識和歷史眼光的態勢，從研究入手，主動掌握，兼及自然來稿，以求更真實、更貼切、更全面準確地反映大陸新詩發展的狀況。鑒於各種局限，這當然是更加不易運作的了。尤其是大陸詩壇的存在形態，與臺灣大不相同。十年現代主義詩潮，更使其錯綜複雜，形成官方與民間、保守與激進、圈子內與圈子外以及非此亦非彼、是此也是彼的多元駁雜局面。加之久積而勃發，兩代青年，數十萬詩愛者，規模宏大，難免魚龍混雜，難以把握。但畢竟潮漲潮落，漸趨分明，真與偽、主體與附庸皆於八十年代中期後便初見界定。關鍵是如何從理論上把握其脈絡走向而不致偏失。

顯然，能持這一態勢進行有成效的運作且頗有建樹的，當首推《創世紀》詩雜誌。早在一九八四年七月（實際運作當然還在此前），《創世紀》第六十四期，便以近一半篇幅隆重推出「中國大陸朦朧詩特輯」，有組織有選擇地刊發了包括朦朧詩派全部代表詩人在內、兼及部分熱忱投入新詩潮運動的中、老年詩人共二十二位計四十六首詩作，並配葉維廉、洛夫等臺灣方面和謝冕、孫紹振、徐敬亞等大陸方面的八篇重要理論文章，對崛起於歷史新時期的這一劃時代詩歌運動作了從理論到作品的、較高水準和相當規模的集約性介紹，一時轟動兩岸。社長張默先生為此還專程赴港收集資料，其強烈的歷史感和敬業精神，令詩界感佩。

朦朧詩後的第三代（又稱新生代）詩群，是大陸現代主義詩潮的又一高峰，與朦朧詩並肩構成整個中國現代漢詩的主體成就。對此，《創世紀》又於一九九一年一月第八十二期、同年四月第八十三期接連推出「大陸第三代現代詩人作品展」之一、之二兩個專輯，刊發「確具有相當的代表性，在第三代詩人群中都有較高的知名度」[3]的二十八位青年詩人的近六十首作品，並附總編洛夫先生的〈前言〉。這一重大舉動，誠如洛夫在第二輯〈前言補記〉中所言：「……獲得兩岸詩人和讀者的熱烈反應，都認為這個專輯除了產生溝通兩岸現代詩與美學的功效之外，更具有影響深遠的歷史意義……」。

這種「深遠的歷史意義」顯然是《創世紀》持之恆久的辦刊思想，而於今天新的時期裡，又煥發出新的光華。從第八十四期起該刊乾脆每期均用近三分之一的版面作為「大陸詩頁」，以第三代後實力青年詩人為主，推出一批又一批前衛力作，影響更大。顯然，前後兩次成功的作品展及洛夫先生的評介文章❹引發了多重效應。大陸先鋒詩人為之感佩心傾，紛紛投寄新作和力作，大幅度提高了自然來稿的品位，使持久全面的深入推介有了堅實的基礎。編輯水準在這裡也得到了高度發揮。有理論依據但不設框子，有整體把握而不失新的發現，目力所及，涇渭分明，主次有度，與大陸實存的現代主義詩歌進程頗為契合。僅至九十二期為計，兩年之內，所介紹詩人中，幾已囊括了第三代及第三代後青年詩人中的絕大部分代表人物，還推出不少新人。所發作品，也足以代表先鋒詩歌的最新成就。整個「大陸詩頁」已漸成為大陸現代漢詩發展的一個較及時、較新銳、較凝重的投影，其對接的廣度、深度和準確性是

❸ 洛夫，〈大陸第三代現代詩人作品展㈠・前言〉，《創世紀》一九九一年一月總八十二期。

❹ 前文及〈對大陸第三代詩人的觀察〉，《創世紀》一九九一年七月總八十四期。

超乎尋常的。

時代就此掀開了新的一頁——兩岸攜手，再創一個詩的新世紀，已成為蒼茫暮色中的中國文化提前躍升的一片曙光！百年回首，我們欣慰地看到，作為一個中國詩人是幸運的，也是深值驕傲的。儘管歷史曾無數次地忽略了詩人們的存在，乃至扭曲中國新詩之純正的發展，但最終仍是詩人們為二十世紀中國文化留下了一片耀眼的亮色，甚而將深入影響二十一世紀中國文學的進發和中國人精神質地的深層變化。歷史就這樣走了過來。不管未來的歷史將怎樣走下去，一個經由對接和整合的大中國現代漢詩詩壇的形成和發展將是必然的趨勢，而一個「創造出融合東方智慧與現代知性，表現二十一世紀大中國心靈的現代詩」❺之新的現代漢詩大潮也必將崛起於又一個世紀之初！

——我們本是從同一個源頭出發的，我們也應該重新走在一起；手伸出便不再收回，新世紀的大門已經叩響，而新的太陽正從中國詩人們的肩頭早早升起……

❺ 同上注。

蕭散詩意靜勝狂

——讀洛夫詩集《雪落無聲》

因了專業的需要和愛好的偏執，我可算是個長年累月在讀詩的人了。多年來，在這種詩的閱讀中，總是難忘洛夫——他的詩句、他的詩意，總是在一次又一次閱讀的浪潮沖刷之後，新月般地躍昇於詩性記憶的海面，令人復歸神往，不勝追懷！

愛讀洛夫的詩，尤其對我這樣的讀詩人。沉溺既久，我漸漸習慣於將詩分為供研究的詩和供閱讀的詩。前者需專心致志，以詩學的眼光考量其藝術價值高低新舊，成為一項「科研工作」，難免其累；後者則只需隨心所欲，以欣賞的眼光領略其瞬間永存的審美感受，有如一次快意的散步或邂逅式的戀情，賞心悅目。時間長了，遂竊以為後者似乎才真正契合詩的本質，且發現大凡好詩，總是既具有（且先具有）賞心悅目的閱讀價值，也不失一定考量的詩學研究價值的。其實對詩評家而言，他既是詩的專業化研究者，又是詩的普通欣賞者，研究的目的除提供詩學價值之外，也有提高欣賞眼光的一面，假如連詩評家都已失去讀詩的樂趣而不堪研究之累，這詩還有誰願去讀？是以近年與詩的接觸中，越來越樂於純以欣賞的眼光而非研究的心理去辨別詩的優劣，傾心於一見之下心為之一動眼為之一亮的感性了悟，而不再信任於「五馬分屍」式的解讀。正是在這樣的閱讀視域裡，洛夫的詩便在詩學價值的考量之外，更顯示出一種雅俗共賞的閱讀親和性。這種親和性，不僅是古今中外大詩人、好作品得以流傳再生的基本屬性，也正是歷經幾番實驗、先鋒之拓殖後，漸次進入常態發展的現代漢詩所首先要解決的問題。盡量減低閱讀障礙，在字面上把話說明白，使之語境清明暢朗，而又不失字面後面無限的內涵，擴展文本外的藝術張力，從而讓閱讀成為快事，使品味更加綿長，這是我多年心儀的詩風——晚近洛夫的創作，無疑已成為這方面的高手而愈顯其大家風範。

洛夫曾有「詩魔」之稱，那是指詩人當年左衝右突、做多向度詩學探求而卓有建樹的創造形態。那時的洛夫，無論在詩體的架構、詩語的鍛造和意象的經營上，都用得是「加法」，刻意求新求變求原創，極為有力而深刻地影響了現代詩的發展，並為現代詩史留下了許多頗具研究價值的重要文本。但僅從創作主體而言，作為「詩魔」的洛夫，在狂飆突進的當年，難免有角色化的出演，暫時潛隱的另一個詩性自我，一直期待著蛻變後的復歸，還原一位完整的洛夫。

考察洛夫的精神世界，有入世甚深的一面，也有出世甚切的一面；有張揚生命個性之西方意識的一面，也有傾心認同天人合一之東方意識的一面；極理性，又極感性；極粗獷，又極纖細。竊以為，這兩面性的前者，是後天形成的洛夫，後者，則是先天本然的洛夫。前者在不免有些角色化的早期創作中，可謂已表現得淋漓盡致；後者則在其晚近的創作中，逐漸成為著力拓展的重心所在——由角色而本我，由歷史風雲而個人天空，由「魔」之詩而人之詩，由王者之詩而隱者之詩，由神品而逸品——一向善變的洛夫，這回終變回到原初的自我，雖無涉正誤，但確然是一種極重要的互補。而親和由此生成，閱讀洛夫，已不再有解析的負擔，成為價值與審美、營養與快感並存共生的一件快事。此時的洛夫，洗盡塵滓，人清詩清，風神散朗，骨感清癯，澹然自澈，獨存孤迥，平寧淡遠，無適無莫。落於創作，多用「減法」，解構意識形態之殘餘，解構意義價值之歸所，不再刻意而為，僅只隨緣就遇，颯颯容容，不懈不促，更無涉炫奇鬥詭。如此「減」下來，洛夫的詩顯見是「瘦了」，「瘦見了骨」，方又呈現一派冷凝蕭散的骨感之美——至新近在爾雅出版社出版的《雪落無聲》詩集中，這種「骨感之美」已到了爐火純青的境地。

《雪落無聲》一集，大體是洛夫近十年（一九八九至一九九九）來詩作中，除《隱題詩》特集外（爾雅出版社一九九三年出版）的一個最新選本。對於這部詩集的基本風格，其實無須評家過多贅言，詩人自己已在其題為〈如是晚境〉的代序短文，和其題為〈葉維廉家的後院〉一詩中，作了直接和間接的說明。「選擇『雪落無聲』作為書名，主要是因為我喜歡這個意象，它所呈現的是將我個人的心境和自然景象融為一體的那種境界，一種由無邊無際的靜謐和孤獨所渾成的宇宙情懷……」這是詩人在序文中的夫子自道，並進而由心境的告白轉作詩境的告白：「近十年來，我常有『夕陽無限好』的驚悚，詩裡面難免不時透露出一股蕭散冷肅的味道，這正是前面所說的『漫不在乎』的境界，不過這並非意謂著頹廢和放棄，事實上反而是對生命有著更全面的觀照，對歷史有著更強烈的敏感」。詩境的變化來自心境的變化。洛夫自九十年代以降後，逐漸在形跡上淡出詩壇，沉潛書齋，一邊分力於書道以養氣，一邊調整詩筆的走向，以契合新的生命觀照。這一轉折，在寫於一九八九年的〈走向王維〉一詩中已見端倪：

生得，死得，閑得
自在如後院裡手植的那株露葵
而一到下午
體內體外都是一片蒼茫

這份「蒼茫」，在整部《雪落無聲》詩集中都可感受到，成為晚近洛夫詩思中深度彌漫的背景氛圍。寫於一九九五年十一月的〈灰面鷲〉，則以「二度放逐」的命題，對這份蒼茫的晚境，作了宿命式的認領。此時的洛夫，已決定離臺移民加拿大。來臺是被迫的「放逐」：

> 我們從很遠的家園飛來
> ……
> 羽翼的孤寂
> 從此傳染給每一次飛翔

離臺是自選的「放逐」，是對「非我族類」的「過客」身世與命運的最終認領後，絕然以四海為家而不再作「回家」之夢的「自我放逐」——一生都在飄泊的路上：

> 故鄉，只是秋風中
> 一聲聽不清楚的呼喚

認領「放逐」，只是「不願墮落／為一雙在路旁破口罵人的棄鞋」，而「過客」的風骨更硬：

寒風中
我們只用一隻腳
便穩住了
地球的搖晃
剩下的力氣就只能做一件事：
以小小的死
陳述
小
小
的愛。

這首以短歌賦大詩的力作，以寓言的方式，為世紀末恪守獨立人格和精神自由的飄泊者們寫真存照，既是自況，更是為一個特殊的文化族類傳神，寫得蒼涼淒美而不失力道，堪稱此類題旨之作中的絕唱！

認領便是安妥，遠去他鄉作故鄉，心鄉即故鄉。孤居理氣，襟抱超然，神澄筆逸，思新格老，由「魔」而人而隱者，其思、其言、其道，自是不計「鬼斧」，不著「神工」，只是淡然而出，渾然而成，而眾美從之——「如是晚境」中的洛夫那支詩筆，不再「尋求矛盾，製造衝突」，惟守平實之意象、蕭散之意味、清明之意境，舉重若輕，逸韻自適。或作「馬鳴風蕭蕭，落日照大旗」式的長歌大賦，如〈出三峽記〉、〈杜甫草堂〉、〈大冰河〉等詩，語詞清峻，風骨勁健，於「蒼冥中，擦出一身火花」（〈大冰河〉）；或作「明月松間照，清泉石上流」式的小令絕句，如〈南瓜無言〉、〈未寄〉、〈後院所見〉等詩，意象清簡，韻致疏逸，於客觀冷蕭中透顯深沉內質；或時涉閒筆，於日常一瞥中隨手拈來，不脫不黏，近莊近禪，寄雋永於空靈之中，如〈水墨微笑〉、〈或許鄉愁〉、〈埋〉、〈疊景〉、〈秋意〉、〈風雨窗前〉、〈又怕〉等詩。如此風格之追求，其實早在「二度放逐」之前，詩人已告白於〈葉維廉家的後院〉中。這首可謂以詩論詩的小詩，既可看作領略《雪落無聲》一集詩風的導論，也是領會洛夫晚近詩美追求的「入境證」。作客詩友之家，且是異國他鄉，難免反思來路，推想去處，詩之一生，繁過、榮過、上下求索過，而晚來何以歸所？詩人自問自答：

> 然而，被繁花圍困的詩人
> 如何淡，如何遠？
> 如何莊，如何禪？
> 這時，他正俯首從滿地的落花中
> 　尋找那一瓣
> 徹底解構後的自己

詩人進而不無深意地順便帶出一閒筆：

> 　至於他後院子裡偶爾冒出的
> 一叢
> 非常之歐洲的薰衣草
> 也只是一群過客

顯然，這是澈悟後的自問自答，是解構後的二度重構，當年歐風美雨的浸染，已為近莊近禪的心境所化解，而曾經繁複的語境遂化為清明。清明而有味，是東方的韻致，是大家的風範，也是一直潛流於洛夫藝術天質中的一脈本原活水，幾經起伏，於中年詩風中，已漸成格局，晚來則歸為主流，蔚然大觀。至此，「江水洗過的漢字一一發光」（〈出三峽記〉）在洛夫，這「江水」，是曾經滄海復為水之「水」，是繁華散盡後，清明歲月中的自在呼吸和本真寫意。此時為詩，可謂「雪落無聲」勝有聲，蕭散意緒靜亦狂，無涉經營，不著迂怪，無論本事還是寄寓，都形蹤空寥，淡然如煙，看似清水白石，卻又禪機四伏，餘味悠長。語言在有節制的平穩中，作自然而然的斷連切轉，且以敘事為本，化意象入事象，於具體中見機鋒，不奇中見奇，體現一種超越時空、與天地萬物和諧共生的淡遠情懷。時而也技癢（別忘了，洛夫慣有「意象魔術師」之稱）寫星空「美哉，這個撒滿了發光的虛無之卵／的天空……」，卻不顯刻意，似隨口言出。更多數的，則是如「池子裡躺著一個／只顧映照自己的天空」之類的意象，於敘述語中自然帶出，言近而意邈。尤其值得稱道的是，詩人還常在散淡的詩意中，時時扯出幾根彈性良好的形而上的筋骨，亦莊亦諧，牽動得其他詩句有聲有色，令人莞爾。

儲備整生的熱量
只為了寫一首讓人寂寞的詩
——〈杜甫草堂〉

寂寞是大美，惟大詩人方可出入其內，領略與呈現這「寂寞之美」的真義。應該看到，棄「魔」從「隱」後的洛夫，晚近詩風，思近莊禪，語近清明，絕不可以所謂「回歸傳統」、「迷途知返」之庸俗腔調作論，而是歷經淘洗之後的兼融並蓄、冶爐自臻，是在更高層面上的昇華與提純。淡而知味純，遠而知思深，兩（語）淡風（思）細之中，那份曾「魔」曾「幻」的現代意識與現代審美的成分，並未有半點缺失，只是經由內化而更趨精純罷了。這也正是洛夫的可貴之處：不僅持之一生創造活力不減，且持續提昇藝術追求，從不重複自己或重複他者。是以閱讀洛夫，總有一份不失期望的驚喜，且相信這份永保信任感的閱讀期待，必將伴隨這位大詩人延展到新的世紀以至更久遠的未來。

認領與再生

——從張默手抄本詩集《遠近高低》出版說起

有近半個世紀創作歷程的詩人張默，最近將他的第十部詩集《遠近高低》，以作者自己手抄本的形式出版印行，為兩岸詩界傳為佳話。此前，收到先生贈寄此一手抄詩集之「特藏本」時，便產生一些想法，覺得是一件含有特殊意味的事，待收到正式出版本，這些想法也漸次明晰，確認張默這一可稱之為「現代詩行為藝術」的「文本」或「事件」的背後，是有許多話可說的——限於本文題旨，這裡暫不論此部詩集作品的品質，僅就這一特殊的出版形式談一點感想。

新詩走了八十年，便已進退維谷，漸為大眾所疏離，實乃所處的時代變化巨大而致。突飛猛進的現代科技，在這個世紀裡對人類生存環境所形成的改造能力，用「日新月異」一詞來形容，確不為過。這其中，尤以視聽藝術對書寫、閱讀藝術的衝擊為最烈，很快將新人類俘獲其域，難得旁顧。緊接著是電腦的普及，網上的擴張，無一不將以文字出版為主渠道的新詩傳播逼向「死角」(小說可借改編影視而復興,散文則賴其平易和普泛的包容性而存活),這種困窘和尷尬是世界性的,並非中國新詩之唯一境遇。有如鐵器時代對青銅時代的取代,現代詩已像青銅器一樣,成為一種純審美的、作坊化的藝術而無涉舊有的應用功能和社會效應。問題在於,面對這一境遇,我們總習慣於避開直面的發問,要麼鑽社會學層面的牛角尖,拿曾經有過的「熱鬧」作對比糾纏不清,要麼繞開現實不顧,執迷於一己的虛妄與清高。總之,很難老老實實地承認自己的「已死」,因而也就很難有其真正的「再生」。

顯然,作為詩人在這個時代所持有的人格與心態,成為直面詩歌境遇以求有所作為的關鍵。對宿命的認領,則是考察其人格與心態的第一要義,所謂「置於死地而後生」——認領一種藝術的宿命,便是確認一種藝術的責任且安妥這一藝術的靈魂而不再無由地慌亂或躁動,乃至背棄其本質——在這個艱難過渡的時代裡,這大概是唯一可行的思路。

拿這一思路看待張默的這次「詩的行為藝術」,就會理解到,它絕非詩人一時的突發異想、玩個新花樣——張默一生為詩服役,不僅憑熱忱與激情,更有一份超乎常人的敬業與智慧,直面詩的現實境況,想著法子推動詩運的不斷前行。狂飆突進的五、六十年代,他和洛夫、瘂弦一起創辦了《創世紀》,使之成為一方重鎮、一脈高聳的山系;七、八十年代,他的一系列重要編選,為臺灣現代詩的發展歷程,留下了一幅清晰厚重的版圖,影響及後來的推進;

兩岸詩界交流漸開，他虔心投入，持久付出，居功至偉，為人們所感佩；及至九十年代詩運跌至低谷，他又參與「公車詩展」以求化大眾，別開一些生面，最終又在詩集出版發行不景氣的情況下，自費印行手抄本，再尋詩的生路以留存詩的精魂——凡此種種，在在說明詩人張默的一番苦心孤詣，皆立足於對現代詩之當下處境的理性把握和對其最終宿命的虔敬認領，而後處變不驚，拿出自己的辦法來，予以有效的投入——僅此一點，就個人而言，兩岸當代詩壇，惟張默高標獨樹，呼嘯奔行在最前列，無出其右者！

這是「文本」外的考察。落視於張默這部手抄本詩選本身，也不乏講究。既是「行為藝術」，就該有藝術的含量，妙在詩人寫詩之外，本就有一定的繪畫、書法、裝幀設計的素養，集於一身，落於一書，自是出手不俗。手抄影印成書，自然先得講究那筆字要說得過去，這是一個基本條件，也是此種形式的一個基本限制，用慣電腦打字、筆下東歪西斜不成字形的新人類，恐難為之。張默的硬筆書寫，雖不盡工穩，難求法度，但詩人多年筆下行走，早已自成一體，字形秀美，書寫流暢，有味也好認，不妨礙閱讀，尚具書意，且有「我手寫我詩」的那一脈鮮活氣息灌注流溢於其中，相比非詩人的那種硬筆書法家生抄硬寫的字帖詩形式，自是多了一份意趣。集中還配以多幅詩人的抽象水墨小品畫作、多幀詩人生活照及詩友楚戈的線描插圖等，更是相映成趣，既沖消了單調滯重的可能因素，又增添不少審美快感，加之封面設計尤其素雅精當，頗具版本收藏價值，可謂一次成功的詩與藝術的美妙結合。

其實說起來大家都知道，張默重涉的這一詩與書法的結合形式，是我們中國文化傳之千年的一門獨特藝術。古人作詩，原本就是以手抄贈友的方式完成其傳播的，根本談不上什麼小眾與大眾，純係個人化的「行為藝術」，後來印刷業發達了，方為後人整理結集印行，漸次化得大眾影響。而這種影響中，以書法形式這一渠道廣為傳播，一直是其一大得益匪淺的支脈。新詩倡行後，適逢印刷技術快捷發展，依賴既久，加之新詩越寫越長，詩人們也就完全忘卻或放棄了書法傳播這一中國詩獨具的通道，實則是一不大不小的損失。這不僅是一個技術層面的缺失，更是一種文化層面的缺失。果然問題很快出現了，隨著電腦的普及，文字出版的依賴遂成為空落，詩人被迫上網而變味，我們似乎又回到了出發時的原點，面臨新的抉擇。對此，張默溯流而上，找回這種祖傳的形式，保留詩的特殊藝術品性，在世紀之交，開風氣之先，出版手抄本詩集，實在是一次創造性的實驗。

其實張默的這一實驗是有深層次的心理機制作支撐的，它顯示了一位資深詩人的敏銳悟性和傳統素養，是以在有意無意間契合了一個重要的詩學命題：早在一九九六年三月，著名九葉集老詩人、詩學家鄭敏在其題為〈語言觀念必須革新——重新認識漢語的審美與詩意價值〉宏文之「漢語與詩」一節中就指出：

> 需知自古中華書法與詩詞就是一種綜合藝術的密不可分的兩個組成部分——詩歌如果只能通過閱讀來接近群眾，其受冷落是必然的，但如果能與書法結合，懸掛於壁，它就有機會如畫如雕塑主動走入群眾的視野，發揮漢字寫成的詩所特有的空間——時間藝術價值。古典詩詞之所以能在群眾中至今占有重要地位是與書法、碑文、字畫、對聯等視覺藝術分不開的。……筆者的想法是新詩（至少有一部分）應當成為突出視覺美的詩，在詩行的排列、字詞的選擇都加強對視覺藝術審美的敏感，讓新詩和古典詩一樣走出書本，進入群眾的生活空間——當然這仍需要看詩作者如何從發現詩的視覺及音樂節奏審美入手，使得新詩獲得簡練、精美、深邃的形式和內容，使之適合與視覺藝術相結合……時下不少青年詩人對詩的視覺審美的關係很少關心，只願為宣洩自己的情緒而寫，即使想創新，也很少站在新的角度考慮詩歌的興衰的客觀原因。

鄭敏在此進而比較中、西語言文字特性之後，指出「漢語文字主要是以視覺審美為主，特別是走出古典平仄聲韻模式之後的新詩，不易如西方那樣以朗誦來吸引群眾，但如和書法、繪畫結合好，就有可能與書畫攜手走入展覽廳及百姓的客廳」。最後指出：「如何讓群眾重新找到對中國的現、當代詩歌的審美感覺是至關重要的」（全文詳見鄭敏學術文集《結構・解構——視角：詩歌、語言、文化》，清華大學出版社一九九七年版）。

鄭敏這一高遠獨到的理論見地，及其前後一系列有關文章，發表後引起大陸詩學界和語言學界的很大反響，遺憾的是，卻很少得到詩人群體的實質性反應。張默是否讀到過這類文章（想來可能性極小），筆者不得而知，但他的包括參與「公車詩展」，策劃選編二至十行為限的《小詩觀止》在內的近年一系列創造性活動，確實與鄭敏的思考一脈相承而落於實踐，即至手抄本《遠近高低》的印行，已構成「張默式」的系列創意——這些創意在時下可能亦如鄭敏的高論一樣，人們僅為之一震而復歸舊習，但誰又能斷定：今天看來似有「孤芳自賞」的事情，明天不會成為時尚乃至「群芳爭妍」的局面呢？後現代之後，或是古典的再造？歷史的「心機」無法猜度，還是你上你的網，我抄我的書，急劇裂變與重構的時代，只能以各自認領的宿命去求再生——然僅就實驗價值，張默這一系列創意，必為跨越世紀的中國新詩歷史所珍視，或可在未來呈現其更新意義。

青蓮之美
——蓉子論

壹

在一個無論是藝術還是人生，都空前虛妄浮躁的時代裡，閱讀和談論詩人蓉子，頗具別有意味的價值。作為人的蓉子，她本身就是一首詩的存在；作為詩的蓉子，則足以成為我們審度一位詩人之詩歌精神的、可資參照的標準。誠然，作為詩人，最終只應是以其作品來接受歷史的確認的，但我們似乎願意更多些看到，那些無論是作為詩的存在還是作為詩人的存在，都無愧於我們的敬意和愛心的詩人藝術家，以彌補人與詩的背離所留下的許多缺憾。

蓉子，生活中的蓉子，寫作中的蓉子，近半個世紀裡，她在我們中間，持平常心，作平常人，寫不平常的詩，作我們平和、寧靜的「隔鄰的繆斯」，散布愛意和聖潔。「你不是一棵喧嘩的樹」，「你完成自己於無邊的寂靜之中」（〈維納麗沙組曲〉）——人與詩交融為一的一股清流，沉沉穩穩地流淌於整個臺灣現代詩的進程之中，最終，成為一則詩的童話、一部詩的聖樂、一朵「開得最久的菊花」（余光中語）、一隻「永遠的青鳥」（向明等語）、「一座華美的永恆」（莊秀美語）、「一朵不凋的青蓮」（蕭蕭語）——

有一種低低的迴響也成過往　仰瞻
祇有沉寒的星光　照亮天邊
有一朵青蓮　在水之田
在星月之下獨自思吟。

可觀賞的是本體
可傳誦的是芬美　一朵青蓮
有一種月色的朦朧　有一種星沉荷池的古典
越過這兒那兒的潮濕和泥濘而如此馨美！

幽思遼闊　面紗面紗

陌生而不能相望
影中有形　水中有影
一朵靜觀天宇而不事喧嚷的蓮。

紫色向晚　向夕陽的長窗
儘管荷蓋上承滿了水珠　但你從不哭泣
仍舊有蓊鬱的青翠　仍舊有妍婉的紅燄
從澹澹的寒波　擎起

這是蓉子的代表作品〈一朵青蓮〉，是置於整個中國新詩之精品佳作寶庫中，都不失其光彩的經典之作。同時，在研讀完蓉子的大部分詩作後，我更願將這首詩看作蓉子詩歌精神和詩歌美學的、一種以詩的形式所做的自我詮釋，足以引導我們去更好地認識與理解蓉子詩歌的靈魂樣態和語言質地，亦即可稱之為「青蓮之美」的意義價值和藝術價值。

貳

詩是詩人靈魂的顯像。這種顯像，在一部分詩人那裡，其主要的成分，是經由後天的借鑒、汲取與磨練，所凝聚生發的詩之思之言說，其中無論是思的經緯還是言說的方式，都可考察到極大的互文性，亦即是他者之思之言說的投影或再造，缺少來自自身生命的本源性質地。在另一部分即真正優秀的、所謂「天才式」的詩人那裡，這種顯像則呈現為一種德全神盈而自然生發的氣象，有內源性的生命之光朗照其詩路和心路歷程，其思與言與道三者圓融貫通，成為和諧醇厚、專純自足的小宇宙，且多趨於一種聖潔寧靜的澄明境界。

以此看蓉子，顯然屬於後者，屬於她自己詩中所追溯的「一朵靜觀天宇而不事喧嚷的蓮」，以固有的「蓊鬱的青翠」和「妍婉的紅燄」，「從澹澹的寒波擎起」——這實在是詩人主體人格的精神品相之最恰切、最美好的寫照！西方哲人曾將人生境界分為社會人、審美人、宗教人三層，其實還應加上「自然人」這一層。我說的「自然人」，不是混沌未開的原初自然，而是打通社會、審美、宗教三界而後大化，重返本真自我而通達無礙的天然之境。詩是詩人寫的，詩之境界的大、小、純、雜，自與詩人的精神質地息息相關，讀詩亦如閱人，最終感念於深心的，還是其氣質而非作派。同樣，這氣質、這境界，也因人而分為後天修成和先天生成，其根性所在起著決定性的作用。由此我們方可理解，何以連尼采(F.W. Nitze)這樣張揚「超人意志」的詩哲，也會認為藝術乃「寧靜的豐收」，並指出：「——天生的貴族是不大勤奮的；他們的成果在寧靜的秋夜出現並從樹上墜落，無需焦急的渴望，催促，除舊布新。……在『製作的』人之上，還有個更高的種族。」❶蓉子自是屬於這「更高的種族」的詩人。在她幾乎所有的詩作的背後，我們都可以或深或淺地感受到她那種從容、達觀、溫婉、澄明的高貴氣息，使我們為之深深感動。精明的批評家還會更進一步地發現到，凡蓉子的成功之作，皆是與其心性最為契合的語境下的詩性言說，而當這種言說偏離其本色心性，則常會出現乾癟語詞之下，不再有鮮活的氣蘊流動激盪。就此而言，我們也可以說蓉子是一位有局限性的詩人，難以拓殖更大的精神堂廡。確實，相比較於許多大詩人來說，蓉子的寫作更為突出地表述了自我內容的需要，成為對自己詩性生命之旅的一種表達和紀念，除此之外，沒有更多的奢望和野心。然而作為詩歌美學的考察，我們首先要判定的是作品形神之間的均衡、集中與和諧，其次才是所謂境界、堂廡之大小。「詩的目的乃是喚起人生最高的一致與和諧」（瓦雷里(Paul Valéry)語）而這，正是蓉子詩歌世界最為本質、最為可取之處。應該說，命運將真正

❶ 尼采，《出自藝術家和作家的靈魂》，轉引自沈奇編選《西方詩論精華》，廣州花城出版社一九九一年版，第四十七至四十八頁。

純粹的寫作賦予了蓉子，使她得以在詩的創造之中更創造了詩的人生；或者說，使本屬詩性的人生，得以完全真純自然的詩的表現——我想，我們讀蓉子，讀蓉子詩的世界，最為讓我們感念於深心的，大概正在於此。恰如詩人自道：「淘取金粒，不是為著指環，是為了它珍貴的光輝。」❷也誠如評論家周伯乃所言：「現代工業所造就的詩人，大都已喪失了原始的那種自然流露的嫻靜，而蓉子卻是唯一能守住那分嫻靜的詩人。」❸

「秋意本天成」（〈薄紫色的秋天〉），有「青蓮」之根，方有「青蓮」之質，且守著這分「天成」，「用古典的面影坐於現代」（〈夢的荒原〉），「在修補和破碎之間」（〈紅塵〉），「注視著光明的中心，一片寂靜」（T. S.艾略特詩句），「縱閃光燈與盛會曾經以煊耀／明亮了你的眼睛／而你卻愛站在風走過的地方／懷疑那霧裡的榮華」（〈榮華〉）——這便是蓉子式的「青蓮」，青蓮般的蓉子，是貫通了社會、審美、宗教三界而大化自然的詩性／神性生命本體：「一傘在握　開闔自如／闔則為竿為杖／開則為花為亭／亭中藏一個寧靜的我」（〈傘〉）。這樣的境界看似不大，卻已深藏人生的真諦且抵達詩美的本質，所謂「淡然無極而眾美從之」（莊子語）。不是刻意尋覓的什麼境界，而是於淡泊超然之中，「去探詢靈魂成熟的豐盈」（〈七月的南方〉），

---

❷ 蓉子語，轉引自蕭蕭編《永遠的青鳥》，臺灣文史哲出版社一九九五年版，第二十四頁。

❸ 周伯乃，〈淺論蓉子的詩〉，同上，第二十四頁。

呈現一派無奇的絢爛。在一個一切都已被作弊、被污染的時代裡，走進蓉子，走進蓉子式的「傘」下、「青蓮」下，以及她「七月的南方」和「薄紫色的秋天」裡，我們常有一種走進「植滿了聖潔的綠蔭」（改借用周伯乃先生語）的精神故土的感覺，給我們煩膩倦怠的生命裡注入新鮮的氧和夢之光，並在詩人「暖而不灼」的精神的「陽光」裡，「緩緩地滲出生命內裡的歡悅」（〈薄紫色的秋天〉）——這便是「青蓮之美」的意義價值之所在。我想，無論是東方，還是西方，是現代，還是後現代，這樣的一種價值、一種境界，都是我們永遠會為之迷戀而難以捨棄的。

參

對蓉子「青蓮之美」的意義價值，亦即通過她的詩歌世界所給予我們的精神享受，應該說，無論是普泛的讀者，還是眾多的評論者，都有較為一致的認同。對蓉子「青蓮之美」的藝術價值，亦即通過她的詩歌創作為現代漢詩之藝術發展所做出的貢獻，恐怕就是仁者見仁智者見智了。

這裡需要首先提示的是，評價一位在詩歌史有一定地位和影響的成名詩人，與評價一個一般性的詩作者，其標準是不同的。對成名詩人，我們必須用上述意義價值和藝術價值這兩把尺子來同時衡量，即不僅要看其作品對拓展時代的精神空間有著怎樣的功用，同時還應考察，通過其創作為推動時代詩歌藝術的發展，有著怎樣的開啟和拓殖。所謂「高標獨樹」、「開一代風氣之先」而影響及後來，即在於此。新詩八十年，整體看去，畢竟還是處於拓荒和探索時期，著重力於載道，弱於對藝術形式的完善和收攝。因此，我們特別看重那些為新詩藝術的發展有所作為的詩人，並以此為不可或缺的價值尺度，去要求所有優秀而重要的詩歌藝術家。

作為臺灣詩壇之「長青樹」，歷經近半個世紀的創作最終未能成為重量級的大詩人，蓉子的局限性，恐正在於其藝術價值的相對遜弱。我這裡用了「相對」一詞，是指在最高層面上而言，未能取得雙向度並重的成就。也只有建立在這樣的認知基礎之上，或許方能真正準確地把握「青蓮之美」所已達到的藝術境地，從而更為完整、科學地評價這位為我們所敬重的詩人。

這就又要回到上文所提出的，作為詩歌美學的考察，首先要判定的是作品形神之間的均衡、集中與和諧，這是基本的尺度。抵達這一尺度，在自己的創作中收攝、凝定直至完善了此前藝術發展所開闢的路向，且生發出新的光彩，這已足以成為一位優秀詩人的標誌了。蓉子的創作路向，其底背是承接浪漫主義的，同時雜糅有現代主義的視點和新古典的韻致，儘管詩思廣披博及，但總體上還是縈迴於情感世界的主觀抒情，這是一種局限。但從藝術考察的角色而言，「說什麼」並不重要，關鍵要看是「如何在說」，看「說法」與「說什麼」是否達到了高度和諧。我一直認為，短短不足八十年的中國新詩，其實無論哪一種「主義」都需要繼續發揚光大，重新創化與再造。尤其是浪漫主義，我們似乎從未真正能抵達西方浪漫主義的真境，同時也拋掉了中國古典詩歌中浪漫的神髓，多見於假腔假式的追摹和演練，精神的虛妄症和語言的焦糊狀成為偽浪漫主義詩歌難以消解的痼疾。正是在這一點上，我發現了蓉子詩歌的藝術特質，我是說，我在蓉子式的浪漫主義詩風中，終於聽到了一種可稱之為「純正的抒情」的聲音，一種質樸無華而又悠然神會的音樂化的情感世界。在這個不事誇飾、清明溫煦的世界裡，生命化為一片大和諧，具有內源性之光的「青蓮」精神，得以最好的發揮。情與景、意與象融洽無間，渾然一體，一種氣蘊貫通的形式飽滿狀態，如滿載甘液盈盈欲裂的葡萄般晶瑩鮮活，令人沉醉！

縱觀蓉子的代表作品，大體可概分為兩類。一類如〈青鳥〉、〈寂寞的歌〉、〈七月的南方〉、〈維納麗沙組曲〉及大部分精美短詩等，多屬情感的自然流瀉，不抑不驅，不事塑砌，唯以真純的情感美，婉約的情緒美，流暢的音韻美和清明鮮活的人生感悟，和諧共鳴，感染讀者。這類作品，得益於情感，也常受限於情感，雖整體構架上也有恰切的組織，肌理分明，但詩思的展開，一般都囿於線性的直抒鋪敘，如歌如賦，難得有更多新奇的意象生發。然而，即使在這一類宣敘性、詠嘆式的創作路向中，我們也可見到詩人蓉子的創化能力。至少，經由她的作品，那種情感與語詞的誇飾遺風和不可遏止的所指欲望，得到了較徹底的清除，而恢復與再造了這一脈詩風的清明純正之傳統。這一點，仍得益於詩人純淨如藍天、如清泉、如聖潔的自然一般的心性，所謂「歸根曰靜」（老子語）、「適性為美」；以蓉子的心境，方生此蓉子的抒情語境，在一片很難再造新意的路向中，拓殖出不凡的氣象，而成為「永遠的青鳥」。

另一類，便是以〈一朵青蓮〉、〈我的妝鏡是一隻弓背的貓〉、〈傘〉、〈白色的睡〉、〈薄紫色的秋天〉、〈我們的城不再飛花〉等為代表的經典之作，這類作品，在蓉子的創作總量中，所占比例不大，卻代表著詩人的最高藝術成就，可以說，一位詩人一生中能有此數首，已足以立身入史的了。詩人的詩思，在這類創作中得到了很好的抒發和獨到的深入，情感、理性與信仰三者調合為一，理趣與情韻並重，著力於意象的營造，主體深隱洞明，有如月光溶於荷塘，撲朔迷離中有思的流光閃回浸漫。在這裡，語言不再是單一的情感與音韻的載體，而成了自足自明的「詩想者」，有了更多的延展性，更多的想像空間，恰如詩人的詩句所形容的：「它深淵的藍眼睛有貓的多變的瞳」（《水上詩展》）。由此可見，詩人蓉子不僅是一位本色寫作的典範，也同樣是一位創造意象的高手。雖然這種創造，未能構成大的群落，卻也如星子般閃耀於創作的長河之中，令人難忘。尤其需要指出的是，在這一類創作中，蓉子依然持有自己的本源質素，並未陷入唯意象是問的流俗，是以每有落筆，則必見奇觀，雖氣象不同，其內在的氣蘊，和那一種貫穿始終、和諧純正的聲音，卻是從未扭曲而保持一致的。

和諧與純正，是蓉子詩歌藝術最主要也是其最成功的特質所在。依然是那首著名的〈一朵青蓮〉的詩作中，蓉子用自己的詩句，對這一藝術特質作了精美的注釋：「有一種月色的朦朧　有一種星沉荷池的古典／越過這兒那兒的潮濕和泥濘而如此馨美！」這是典型的蓉子式的語境，也是典型的蓉子式的心境；語境與心境的和諧共生，方使抒情成為不含雜質、水晶般純淨的抒情，而「浪漫」一詞，也便不再成為遠離我們生存現實的虛妄之矯飾。從這樣的語境中，我們更看到，這是一位忠實於本真生命的感知，遠觀幽思，不願大聲高腔地對世界發言的詩人。心中有自己的廟堂，靈魂有自己的方向，在眾音齊鳴（思想的與藝術的）的時代裡，恪守自己的感悟，自己和自己辯論，並將這感悟親切地傾訴於世，為理解而非教誨。我們看到，詩人即或是進入對客觀現實之批判性的詩思，也寫得沉穩內在：「我常在無夢的夜原上寂坐／看夜的都市　像／一枚碩大無朋的水鑽扣花／正待估」（〈我們的城不再飛花〉）。語詞之間更多的是一種哀惋沉鬱的孤高之氣，卻有「星沉荷池」般的底蘊，久久滲浸於我們的感受之中。

這樣一種語境，使我常不由地想到蓉子曾作過教堂風琴手這一早年的經歷，實在可看作對這位詩人藝術品質的一個頗為有趣的「隱喻」。單純而不失豐富，悠揚而不失堅卓，音色純正，音韻和諧，在整個臺灣現代詩的交響中，有如一架豎琴，占有不可或缺的一席重要位置。

肆

這是失去預言的日子
在憂鬱藍的蒼穹下
我們採摘不到一束金黃
很多很淡的顏色湧升
很多虛白、很多灰雲　很多迷離
很多季節和收割分離

——〈白色的睡〉

這是詩人蓉子對我們所處時代所作的詩性指認，正是在這一指認中，詩人確認了她存在的意義。

「青蓮之美」是以現代意識追懷「古典」的美。這裡的「古典」不是什麼意欲退認的生存方式，而是經由對人類諸如真、善、美等永恆價值的重新確認，來質疑「現代」中的缺失；以「青蓮之美」去映襯存在的「泥濘」和「潮濕」，以至善至愛、至純淨的情感之光去朗照生存的「虛白」和「迷離」——這是蓉子詩歌之精神內存與藝術特色的本質所在。至此，在我的評論中，似乎一直未提及蓉子作為一個女性詩人存在的價值，而這正是我最後想指出的這位詩人的又一特性：在蓉子的詩歌世界中，儘管處處可見女性的柔美和細膩的韻致，但皆已為一種上升為母性以至人類共性的光暈所籠罩；既消解了傳統的「閨怨」等遺脈，又沒有故意加強了的所謂「女性意識」的凸顯。她甚至也很少去寫什麼樣狹義的「鄉愁」，而完全沉浸於她所建構的，超越性別、超越族類、超越時空的「情感教堂」中，播撒「青蓮之美」的樂章。她使我們更深地認識到，浪漫是永遠的誘惑，而人生需要激情，需要美的照耀和情感的依託。世紀交替，回首來處，穿過無數嘈雜、無數「虛白」、無數雜色的「湧升」，我們愈發親切地感受到，來自詩人蓉子那充滿聖潔的愛心和美意的「情感教堂」之低迴的「琴聲」，是怎樣契合著我們靈魂的期待，填補著我們精神的困乏。從清晨到薄暮，從出發的時日到收穫的季節，蓉子堅守在她的「情感教堂」裡，不為紛亂的潮流所動，用一雙優美的手、一顆博愛的心，為我們在「失去預言的日子」裡，「在憂鬱藍的蒼穹下」，採摘「一束金黃」，一束純正和諧的詩性、神性生命之美的輝光，以照亮我們生存的灰暗。是的，在世紀的交響中，我們尤其傾心於那些黃鐘大呂般的思之詩、史之詩，那些骨重神寒的詩性言說，以支撐我們生命的重負。同時，我們也難以割捨那「情感教堂」的一方淨土、一片清音，以滋養我們乾涸的靈魂，復生愛心和美意。「紫色向晚　向夕陽的長窗」，蓉子的「青蓮」正成為世紀的「仰瞻」——或許，在後現代之後，在眾聲喧嘩之後，在現代漢詩更新的出發中，蓉子式的「青蓮之美」將重新為人們所認知，以其常在常新的「蓊鬱」和「姸婉」，不斷穿越歲月的「澹澹寒波」，「擎起」於詩的田園，去喚取更多的詩性生命的搏動和輝映——

歲月逝去　唯我留步
我纖長的手指不為誰而彈奏
…………
因我是端淑的神

夢土詩魂

——評詹澈《西瓜寮詩輯》

壹

在近年臺灣現代詩的發展中，中生代詩人詹澈的創作成就正越來越為詩界所關注。自一九九四年起，詹澈以厚積勃發的態勢，相繼推出一系列以「西瓜寮詩輯」為總題的作品，以其厚重的精神含量、清新的語言風格、獨自深入的鄉土情懷，令詩壇人士刮目相看。一九九五年，代表作〈翡翠西瓜〉入選張默、蕭蕭合編的《新詩三百首》；一九九六年，以一組〈西瓜寮詩輯〉獲第五屆陳秀喜詩獎；一九九七年，以代表作〈勇士舞〉入選《年度詩選》並獲年度詩獎；一九九八年，集十餘載心血為一集的《西瓜寮詩輯》隆重出版；儘管因各種因素，詹澈多年未能入選臺灣《年度詩選》，但一九九七年第一次入選，便獲得詩獎得主，也說明了臺灣詩界對其近年突出成就的高度肯定。

潛心研讀完詹澈的這部詩集後，作為臺灣現代詩學的研究者，我的第一感覺是：這可能不見得是一個最優秀、最經典的文本，但確實是這個世紀交替的時空下，現代漢詩之最新成就中，特別值得重視和有研究價值的一個文本。

在這部詩集的出版導言中，有這樣幾句介紹詹澈的話：「他是現代知識分子，是農運推動者，也是傳統的農民詩人；從他的詩中，看到了對大自然的情、農業工作者的革命情懷與理想，以及詩人冷靜的美感與想像。」

從這裡我們得知詩人詹澈，在臺灣現代詩人的隊列中，有著一個怎樣特殊的身分背景；而身分也常常便是立場的標誌：代表誰言說或為什麼言說，由此決定著詩人的詩歌立場，也同時決定著詩人作品的精神位格與藝術風格。

我們知道，隨著「現代性」的濫觴，當代詩人（尤其是臺灣詩界）大都扮演著激進的知識分子角色，其作品的表現對象，大都以城市意緒或超社會身分的精神空間為主，間或涉筆鄉土或農村題材，也是以城市的視角、回憶的形式、過去時的情懷來展開，且只是將其作為一個參照的喻體，落腳處，仍是城市知識分子的立場。另一方面，許多打著「鄉土詩派」和「農民詩人」旗號的創作，則長期陷入非詩化的泥淖；或執迷於所謂「新田園牧歌」式的小情小調，或自閉於所謂「土風」、「鄉情」等社會學層面的詩形詮釋，很少能企及現代詩的基本精神內涵和藝術品質——一句話，當代兩岸詩壇，一直鮮有真正意義上的、深具現代意識和現代詩美品質的農民詩人。

由此，詹澈的崛起，方使我們感到莫大的欣慰。他以其迥然不同的詩歌立場，完全不同於一般農民詩人的專業風度，以及到位的現代意識和富有時代感的當下關切，為我們打開了一片陌生而又親近的詩性原野——這「原野」是我們在現代化的急進中，所一再疏忽了的，如今經由詹澈的拓殖，重新煥發出她清新健朗的生命活力，使我們得以從一個新的側面，傾聽來自土地和勞動者真實的呼吸，帶著詩之思的呼吸——

走在勞動向思想回歸的路上

還有一些些
風中飛散的情緒
和愛情
在號稱均富而又君父的土地上
還有不死的欲望

和一顆貧窮的種粒
和不死的善念芽點
和要不要繼續在這土地上
生根發芽的疑問

——〈走在秋分向冬至的路上〉

貳

關於土地，我們究竟都知道些什麼？

我們——現代詩人們，學者們和教授們，以及那些為土地所生養，而後離開土地定居水泥地漸次忘卻了土地的人們，究竟對土地，知道些什麼？隨著現代化亦即工商化、城市化的急劇推進，「土地」正加速度地離我們遠去，成為時間的背面、空間的暗處，成為蝸居城市的精神漂泊者偶爾想起的、或可寄託一絲半縷新愁舊緒的幾個語詞……實際上，對於包括詩人在內的大多數現代知識分子而言，土地的存在，早已如出生時的胎記一樣，為長大的身體所疏忘，以致我們從未真正對它作過直面的思考和言說。「夢想在遠方」，「生活在別處」，無論出於何種原因何種藉口，我們大都成了土地的「逃離者」，間或在回憶中泛起幾縷故土情思，也已成客態之思，僅作為對此在的映襯，而再也難以企及她存在的真義。應該說，只有那些長久而深入地與土地同在的詩人，才有可能成為土地真實的精神器官和真切的詩性神經——而我們都知道：那樣的一種「同在」，已無異於「殉道」！

詹澈正是這樣一位「殉道者」——一位以土地為「夢土」，以「詩的郵差」為己任，堅持生活於斯、創作於斯，代表「沉默的大多數」，向現代社會傳遞存在之最基礎層面上，那一脈純樸、深切的詩之呼吸——

縱然死亡把我埋進土裡
我還是會像腐爛後的種籽
用手指的白芽探索身邊泥土的結構

這是詩人寫於一九九六年秋天、題為〈犁〉的一首詩中的句子，此時，詹澈已在他的「西瓜寮」裡「殉」了十多年的「道」。從這首詩中可以探測到，詩人以「犁」自況而堅守在他的「夢土」上的艱辛處境和矛盾心態，以及最終不可動搖的堅卓情懷：「有時想憤怒地把我的犁舉起／向山下的海用力拋出去」「但，它還是被身後的力量拖住／——那像山，像生活一樣沉重的一股力量」，正是這樣的「一股力量」，使詹澈無論是作為詩的存在，還是作為詩人的存在，都與當代大多數詩人區別了開來。

按詹澈的自述，這部《西瓜寮詩輯》「前後寫了十五年」，其中有許多是迫於生存的擠壓，先「斷斷續續用小紙張記下了一些片斷的句子」，「放了十年，再拿出來整理」的。對於這些直接分泌於土地和勞動的詩句，詩人在較之於對生存的深重體驗中，當年曾認為「那是無力的、奢侈的、多餘的」（《西瓜寮詩輯・自序》）。這樣的忖度別有意味，實際上，詩壇確實一直存在著那些「無力的、奢侈的、多餘的」東西，那些任由生命的意義和藝術的精神，一味消泯在話語的操作中的東西，敗壞著現代詩的精神質地和藝術品質。也許正是從這一「忖度」出發，詹澈才決心在命運所拋給他的這片「夢土」中堅守下來，

所以我必須繼續和初月
和日出辯證
什麼才是會變的光
什麼才是土地裡不變的意志

和體內不滅的能量勞動

——〈路像入夜後的山谷〉

這種堅守的艱難與不易，是常人難以想像的，我們只能從詩人的作品中體察到一些況味：

站在突兀的石頭上
站在被石頭同化的影子上
被太陽和勞動
蒸發了水分的肉體
只剩下鹽漬一樣的肉體
像埋著煤和金礦一樣的深山
卻因為夜色逐漸降臨
而有著一股灼燒過的清泉
從眼眶的縫隙裡泪流出來

〈這不應該有

卻已有的物質）

——〈站在突兀的石頭上〉

這「物質」便是詹澈的詩情，分泌於「鹽漬一樣的肉體」，產生於「埋著煤和金礦一樣的深山」，也便有了如鹽、如煤、如金子一樣純正、質樸和堅實的品質！

這樣的一種品質，不僅不是「多餘的」，而且正是我們這個時代所一直缺少的。實則詹澈經由他長達十五年的堅守，不但以其現代詩人的筆力，為我們刻畫了一卷當代臺灣鄉村生活的變遷史，同時更為我們展現了一部詩化的、現代農村知識分子的心靈史——整部《西瓜寮詩輯》，就其內在的理路而言，正是這一心靈史的分行記錄：「詩和我、我和肉體、影子和大自然、石頭和西瓜，都以各自相同或不相同的語言和文字溝通交談。」在這種「交談」中，「讓在科技與自由經濟體制中忙碌僵化、異化的心靈再生起一些淨水的漣漪」（〈自序〉）。

顯然，這樣的詩路與心路歷程，在我們這個時代是獨在的，是任何其他的寫作立場所無法替代的——這些來自存在之根部的詩情與詩思，給我們過於高蹈而時顯蒼白的詩之肌體，注入了一股特別鮮活而富氧的血液，使我們感受到另一種詩的力量、詩的氣質、詩的魅力。

參

收入《西瓜寮詩輯》的作品，按創作時間排序，共分五集，前兩集近二十首，為早期習作，後三集七十餘首，為一九九四年至今的成熟之作。兩個階段之間，相隔近十年，其創作題旨基本一致，但內在品質卻有根本性的變化。

從前期作品中可以看出，詩人雖然對他置身其中的土地與勞作，持有一份真誠的情懷，但詩思的觸角並未深入，僅止於對鄉村意緒和勞動場景質樸平實的感情描述上。間或也有一些敏銳的詩之思，卻因未能有機地融入，常顯得突露而生硬。想來此時的詩人，雖已有近十年的寫詩經歷，但迫於生存的困擾，心態未至沉穩。對他腳下的土地，詩人暫時還處於一種客態的傾聽，心有旁騖而難以紮根。從一些簡要的資料中可知，這一階段前後，身為年輕的現代知識分子的詹澈，「經歷過大都會的洗禮，有過社會改革者那樣熱烈擁抱意識形態的時期」（李魁賢《西瓜寮詩輯・附錄・勞動與昇華》）。在經歷了「足以用長篇小說容納的經歷」之後（〈自序〉），詩人冷靜了下來，最終認領了他的「現代鄉村知識分子詩人」這一不無尷尬的特殊宿命，重返鄉土，沉下心來，在新的勞作和思考中，繼續他中斷多年的《西瓜寮詩輯》的創作，並開始收穫他晚來的成熟——對這一成熟的認知，我總結概括為以下三點：

一、具有內源性的精神質地

重返「西瓜寮」的詹澈，已是與腳下的土地血肉相連、相依為命的主人，而非心有旁騖的過客。此時的詩人，目光更趨沉著，情懷更加深切，「手中握緊一團沙／心中就團緊一個星系」（〈星光與波浪〉）。一方面，詩人在對宿命的認領中，徹底與土地融合為一體，以勞作的肉體去感受「地熱從沙粒傳導至鼠蹊」，感覺「星光藉水分子滲入皮膚／真想就此止息／和水、和沙、和光／和夜同時溶化」（〈與夜河平行〉），由此成為土地真實的精神器官；另一方面，詩人不忘以為外部現代生活浪潮洗禮過的靈魂，去觸摸和體味在時代的遽變面前，土地的脈息發生著怎樣的震盪和困惑，是以常常如「一顆巨石，在那裡孤枕難眠／它獨自亮起夜晚來臨前的星光」（〈動或不動的夢土〉），由此成為土地真切的詩性神經。對現實的參與和自我的挖掘，成為詹澈這一時期貫穿始終的精神母題，在這一母題的統攝之下，詩人的精神位格與藝術品格，有了具有內源性之光的照耀，從而漸趨獨立、鮮明、堅實而自信。

二、具有獨創性的題材開掘

《西瓜寮詩輯》立足於農村題材，但經由詹澈的重新開掘，拓展出了新的天地。這裡的關鍵，在於詩人並未在他身為土地的勞動者之後，放棄自身現代知識分子的精神立場，在注重於感性的體驗中，貫注於理性的思考，從而從傳統的「采風角色」中超脫了出來，從中開掘出富有現代性的內涵，使一再陷入土風鄉情式困境的農村題材，得以向現代詩性展開。在詹澈的筆下，不乏對鄉村生活的生動描繪和對自然景物的鮮活表現，且時時有不同凡響的驚人之筆。但詩人一開始就明白：「除了給瓜苗灌溉／除了生活與風景／還有別的」（〈風景之外〉）這「別的」才是詩人詩思的著力之處——土地和土地上的勞作者，在歷盡滄桑之後，在時代風雲的沖刷之下，依然躍動著的那種激盪著理想與幻滅、裂變與再生的生命潛流，才是詩人真正一往情深的詩之靈魂——土地中的人格意志，以及對生存意義和價值觀念的困惑與反思，使詹澈的「西瓜寮詩」較之以往所謂農村題材的作品，有了質的飛躍和根本性的變化。正如張默、蕭蕭在其編著的《新詩三百首》中所評點的，詹澈的詩：「具寫實主義有聞必錄的細膩風格，也有理想主義燃燒自己的浪漫個性。」直面鄉村現實，深潛心靈世界，兩個支點，一個題旨，且統攝於「西瓜寮」這一既平凡又特異的大意象中，坐實務虛，純駁互見——由詹澈所創化的這一新的農村題材風格，在當代兩岸詩壇，可以說，是頗有開啟性和範例性的詩學價值的。

三、具有親和性的語言風格

讀詹澈的詩，有一種特別的語言親和性，如感受一粒粒「真實的西瓜／不知不覺已經長大」「無需歷史辯證的法則／無需人性解析／在月光下發著微微的光亮／早已是個存在」（〈翡翠西瓜〉）實際上，在代表作〈翡翠西瓜〉一詩中，詩人已通過對「工藝品西瓜」與「真實的西瓜」的隱喻性比較後，直接用詩句表明了他的詩歌語言觀：

想用最平白的語言
（像對著已過身的不識字的母親說話）
想用最簡單的文字素描翡翠西瓜
（像在像貝殼像貝葉的西瓜葉上寫象形文字）

當然，這樣的告白只是一種立場的告白，實際的語言創化中，詹澈還是注意到了在平實、清新的語感基礎上，不斷吸納和融合富有現代意識和現代審美情趣的語言質素，增強自己的語言表現力。這裡，除了詩人長期形成的良好語感外，詹澈還特別得益於真實的生存感受中，所獲取的細微觀察和精妙體味。像「初月薄如竹膜」這樣的詩句，沒有長久與月同在同呼吸的生活，絕難隨口道出。再如形容河邊的沙粒：「蒸騰過白天的燥氣／粼粼散發著寂靜的光亮／好像星群彼此猜測著自己的名字」，真切而又精美，非外人所能及。尤其詩人筆下的雲，簡直就是詩人心靈的外化，純樸而靈動，厚重而憨稚，常與詩人互為觀照，傳遞著微妙的暗涵：

一朵雲蹲下來
蹲在也是蹲著的山上
大概是被太陽曬累了
隨著黃昏把姿勢放軟
我把手中的工具放在樹下
蹲著看夕陽如何被雲
吞進山的口袋

——〈耳唄〉

運用得當的口語，清明有味的意象，沉穩客觀的敘述中浸漫著如夢的意緒，一句「把姿勢放軟」，令人心為之一動，感同身受而親近無隔。

肆

對詹澈《西瓜寮詩輯》的研究，使我始終想著一個問題：對於那些並非天才型的詩人而言，如何在漫長的寫作中，在紛紜的詩壇上，最終找到自己的位置，確立自己的價值呢？這其中固然取決於很多因素，但能否堅持契合自己精神氣質的、有方向性的藝術探求，恐怕是其最關鍵之處——詹澈和他的《西瓜寮詩輯》便是一個有代表性的例證。

僅從純藝術角度考察，應該說，詹澈的創作，尚有許多未臻完全成熟之處。譬如詩思的展開缺少層次感，間或也涉及一些並置、跨跳等手法，但大都脫不了單一的線性架構，形式感不強。同時，一些未經有機處理的觀念性語詞的強行插入，以及敘述中過多連接虛詞的使用，也都影響到部分詩作的藝術成色。但總體而言，詹澈在這部詩集中的表現——他的真誠、他的專純、他的火熱情懷與沉潛心態，以及對現實與理想、道德觀與審美觀的和諧融合，都是我們這個時代所欠缺而珍視的。尤其是他對詩壇長期難以達到更高水準的鄉土及農村題材的突破性拓殖，具有特別重要的價值，也由此確立了他在當代詩壇別具一格的位置。而對於一位深具內力和長途跋涉腳力的詩人而言，我們更可寄厚望於未來，期待著詹澈在新的進發中，奉獻更耀眼奪目的成就。

向明之「明」

——讀向明詩集《向明・世紀詩選》

向明寫詩近半個世紀，真正形成大的影響，是八十年代之後至今。此前不溫不火不免寂寞，晚近則層樓更上，風光無限，為詩為詩人都可謂是「向晚愈明」了。這裡有潮流的因素，更是詩人堅持自己的創作路向，鍥而不捨的結果。新千年伊始，又在爾雅出版了帶有總結性質的精選詩集《向明・世紀詩選》，讓詩界對這位臺灣元老級的儒者詩人，有了一個集中全面認知的好讀本，實在值得慶賀。

再讀向明，有不少新的體悟，尤其對詩人的筆名，添了些意外的理解。研讀向明的詩，其總體風格，原來是可以用一個「明」字來概括的，真是一字中的，名副其實了——語感明快，語境清明，「明」得準確，又「明」得新鮮；不拿「非理性的東西示人」，也不拿「讓人感覺不關痛癢」的東西哄人；「在溫和的後面表達剛健」之明，「在平淡的後面有一種執著」之明（以上引號內均係〈向明詩觀〉語），明目（讀來親近）亦明志（讀後有悟），無論是就審美價值而言，還是就意義價值而言，都抵達明澈雋永的境地，此乃向明詩品一以貫之的不變風骨，也即向明自嘲之「不可救藥的保守主義者」的潛臺詞之所在。

「保守」與「激進」，「承傳」與「拓殖」，確實形成了現代詩詩人們在語言、形式問題上的兩種基本態度，並以其各自不同的心性與才氣，做出不同的選擇，來形成自己的路向。我們知道，新詩之新，首在語言之新，以不講「紀律」的語言冒險，來打破語言體制亦即舊文化綱紀對現代中國人的精神束縛，以開闢新的、契合現代中國人生命意義與生存真實的精神空間和審美空間，這是歷史的必然。然而幾十年下來，當「開天闢地」之舉已成「廣闊天地」之勢後，如何重新考慮在散漫無羈的語言、形式冒險中，總結出一點可通約可遵從的基本規律來，作為一味求新、求變、求實驗、求前衛的有機互補，以求在不失現代意識和現代審美情趣的前提下，使這門新的語言藝術，有一個常態的、穩定的發展，確已成一些可稱之為「穩健派」詩人們的共識，向明即是這其中一員。

縱觀向明半個世紀的創作，其手中的那支詩筆，不涉險，不耍怪，中鋒用筆，持正守常，以小見大，以明見澈，落重力於精煉和內含，在侷限中求創見，在守成中求革新。如此自甘「保守」，自是難有驚人之語、超常之作，但卻因了適性而本真，因了內斂而堅實，中正明達，誠樸親和，平中見峭，自成一家，實則比「冒險族」們更其不易。尤其在現代詩越來越多為

「澀」（艱澀）、「怪」（怪誕）、「散」（散文化）等毛病所困擾，從而疏遠廣大讀眾的的今天，向明這種自設的「保守」，其實是以退為進的明智之識。守語言的「紀律」，創詩質的不凡，這才是向明的高明之處。

而向明的「明」，是「明慧」之明，不是所謂的「明朗」之明，是採自生活與藝術地層深處的礦泉水，有多種礦物質和微量元素，不是打開閥門就嘩嘩流的自來水，解渴而沒有營養。這種「明慧」，尤其體現在小處著眼、孕沙成珠方面。向明的詩，選材小，且多來自日常生活；詩形也小，精短瘦削，有穿透力；詩中的聲音也小，溫文爾雅，不作高腔偉言，讓人有信任感。如此「小」的背後，卻有大的精神底蘊和詩美內涵作支撐，能在尋常人、事、物中挖掘出精警的生命哲學和生活奧義，能於尋常的字、詞、句中敲擊出陌生的詩意光彩和藝術火花，顯示出向明以小品成大家的智慧。

冰冷的木屋裏筆是一支銀亮的燭光
把自大的夜趕出去，把角落裡的小蟲的意志燃亮

——寫於早年出發時的四行小詩〈筆〉中的這兩行警句，其實已表明了詩人後來持之一生的

創作心態，今天讀來，更覺得親切也更增理解。看來從一開始，向明就確立了自己謙和低調、以小見大的詩歌立場，氣息純正，不事張揚，力量在骨子裡，閃光在角落中。落於詩作，則言之有物，詠物帶情，以情言志，坐實務虛，雖然總體格局不大、器宇不宏闊，卻處處有握得住的真情實感，和剎那間洞燭人生的低迴趣味。我特別注意到，詩人以手稿形式置於《向明・世紀詩選》卷首的那首〈蒲公英〉，其結尾部分寫道：

就知道自己
只是大地任何一角
最最微不足道的
一株蒲公英
曾經努力生活過，也有
小小的付出

——這是向明的另一種「明」，如此「明」著的詩格人品，應該說，在今日不乏虛妄與浮躁的兩岸詩界，都是一種朗照的啟示。

有意味的是，再讀向明，我總是要聯想到他對詩人隱地的那句評語：「他能於尋常事物中，道出一般人習而不察的真理，天真和出人意表的趣味是他的詩的最大特色。」隱地轉而為詩幾年中，好評不少，但至今仍是向明這句最為恰切精當。現在明白了，此以論向明的詩，不也正中肯？原來此中也不免暗含了詩人自己的期許與追求，是以方一語道破與自己相近詩風的要義。只是僅就語言而言，向明在「天真和出人意表」方面，還欠缺了些，吸收新的時代與生活語素不夠，稍嫌刻板，或可做日後的調整，更增鮮活，不知先生以為然否？

清流一溪自在詩

——讀夏菁的詩

在臺灣詩壇，夏菁可謂「元老級」的人物。五十年代初便已馳名，隨之和余光中發起藍星詩社，曾主編《藍星》詩頁及《文學雜誌》的新詩。七十年代後，雖長期旅居海外，但對新詩創作熱誠投入，始終不衰，先後出版《靜靜的林間》、《噴水池》、《石柱集》、《少年游》、《山》、《潤水淙淙》六部詩集。一九九九年，更以七十四歲高齡之夕陽熱力和赤子情懷，出版了以森林文化和生態意識為主題的詩與攝影合集《回到森林去——山、林與人的融合》，顯示了這位詩歌老人超前的題材意識和生生不息的藝術追求。橫貫整個二十世紀下半，夏菁的詩歌創作，始終如一溪細長的清流，不顯風浪，不事喧嘩，蜿蜒縈迴於臺灣當代詩歌的浩浩流程之中。不即不離，欲忘尤記，如此特別的創作形態，是理解夏菁詩歌風貌的微妙入口。

欣賞夏菁的詩，易，且親和無隔，很愜意，如沐清風，如飲清泉，如品「綠色食品」，爽目爽口（誦之有音樂美感）爽心。評價夏菁的詩，則難，難在找不到特別的說法，那些新潮的、時髦的、所謂學術化的理論話語，在無此中正平和的詩風面前，皆難免失語。實則這裡已觸及到有關詩歌批評的一個深層問題：當詩歌批評越來越遠離感性的體驗與欣賞，只在西方式的「五馬分屍」似的註釋術語中打轉轉時，批評家是否已異化為「學術產業」的附庸，而失去了「生命詩學」的意義？由此，如何面對那些非實驗性、探索性、前衛性亦即非「異類」的常態性作品發言，便成為一個問題。不可否認，現代意義上的批評，已不再是創作的附庸，不再充當「裁判」的角色而成為另一種類型的「運動員」，進行著另一種意義上的「創作」，所謂「自說自話」、「自成天地」，以有益於詩學本體的建設與發展。但於此同時，作為欣賞角度的批評，依然是不可缺失的一個功能，且因這多年的學術擠壓而有待作新的填補，尤是是對漢語詩歌而言。對夏菁詩歌的批評失語，其癥結恐怕正在這裡。諳識夏菁先生近三年了，對他的作品，我自己也是拿起又放下，放下又拿起，一時找不到新鮮的說法，現在看來，也是這種唯「詩學」是向的所謂「學術心態」在作怪。一旦換一下角度，以平常心平常讀者欣賞者去看夏菁先生的詩，自會發現還是有不少話可說的。

新詩八十餘年的發展歷程，我曾經用「在路上」的形象化譬喻作指認。這種「在路上」的形態，一方面有不斷新生的追求作驅動力，以盡快促進其發展、成熟。一面也有重於拓殖疏於精耕細做的負面影響長期存在，所謂創業的多，守業的少，實驗的多，整合的少，在後浪推前浪的同時，難免也有後浪遮埋前浪的弊端隱伏其中。中國現代詩歌，至今難以沉潛下來，逐步進入詩體建設和詩學建設的常態運作，看來與這種匆促趕路的形態不無關係。拓殖與收攝，原創與整合，實驗與繼承，兩者是有同等重要的價值的。前者造就的是重要的詩人，後者造就的是優秀的詩人，兼具者造就的是既重要又優秀的詩人。以此去看夏菁，顯然屬後者行列中的一員。夏菁的創作，是繼承性的、保守型的，繼承的是古典情懷現代重構的抒情風格，守住的是契合自己心性的婉約、淡雅、素樸、清簡之韻致。夏菁生性素寧平和，情感細膩，有女性化柔美的一面，更有童心晶瑩清澈的一面，鍾情山水，熱愛自然，於人世守善持真，有「恂恂君子」之美稱。了解了夏菁的這種生命形態，再回頭看他的詩，自會發現夏菁的詩不是「做」出來的，而是一種順乎天性的「化入」，追求一種天然的美，真正做到了生命形態和美學形態的和諧共生，不扭曲，不造做，「適性為美」，詩即人，人即詩，本真投入。這種「適性」、這種「本真」、這種由「適性」與「本真」所生成的和諧，其實是作詩人的第一要義，也是詩歌美學的第一要義。占有這一要義，其創作就必然是有價值的了。

當「現代派」運動在臺灣甚囂塵上，夏菁卻有些緬懷其昨日的夕陽來了，並非他停滯不前，只是在行進的隊伍中不時作審慎的回顧而已。對於傳統，他主張批判地接受，

> 揚棄雜質，保存優良的穀粒，對於簇新的事物，他保持實驗及懷疑的態度。夏菁後期詩作，有一種淡淡的異國情調，用字經濟，態度從容，表達精緻，展現出一種出奇的自省、恬淡和練達。質言之，它的詩內容重於文字的裝飾，本質大於技巧的揮灑。

由張默、蕭蕭主編的九歌版《新詩三百首》中，二位編者對夏菁所作這段評述，確實是十分恰切和精當的。

就作品而言，夏菁的詩不免有些詩質稀薄之嫌，精神堂廡相對狹小，語言也略顯平實直白。但到位的欣賞者會發現，這些外在的缺陷，常常會被詩人灌注於詩行中的純正清明的氣息所一一沖淡，漸得中正而不中庸、平和而不平俗的審美印象。清而不寡，簡而不枯，素而不拙，淡而有味，守住一片小小的心地，在淺吟低唱中透顯詩性生命的真善美，為滾滾紅塵灑幾滴清露、送幾縷和風，實則也不失為一脈詩美流向。夏菁的問題在於一直未很好地解決語言與精神的關係，沒能走出語言制度的束縛，變靈魂的奇遇為語言的奇遇，以意象之思去作精神之言，是以詩句落得太實，較少歧義，也就減弱了文本之外的彌散意味。作為彌補，夏菁在其詩作的音韻美、精緻化方面頗多追求，平添不少聲色。而在晚近的創作中，似乎也開始注意到化實為虛、言近意邈的語言策略，悅目賞心之下，有動思之餘韻。如同時收入《澗水淙淙》和《回到林間去》二集中的〈消息〉一詩——開頭一節敘事：「冬天常常駛過一個農莊／馬、冷落的鉛絲網／樹、乾涸的河床」，語言非常乾淨、俐落而又精確，不著閒筆，只在指認，以剪輯的靈動和節奏感區別於散文語式。第二節抒情：「今早，我忽覺得／有一些異樣／嫩柳在絲絲飄忽／牡馬在頻頻昂仰」，說是抒情，其實只在敘述性地道來，不事渲染，重在「異樣」的情節，似乎要暗示一個鋪敘高潮的來到，卻嘎然而止，僅用同樣的一小節作急促的結束：「馬、樹和我間／互傳著什麼消息？／或僅僅是為了一片／乍暖的空氣」全詩僅此三節十一行，不見一個「春」字，卻覺寫盡了初春將臨的那一股撲面的氣息；似乎詩人在字面上說得太少，又覺話外之音很多很多。這樣的語言策略和跟跨跳手法，在夏菁以往的詩中是少見的，懸置所指，懸疑意緒，留更大的空間與讀者互動，於精緻中見空靈，於淡遠中見深沉，如此追求，顯見詩人是向晚欲明，更趨成熟老到了。

行文至此，想到夏菁贈向明的一首題為〈溪水〉的七行短詩，實則可作詩人自況的最好印證，不妨抄錄在此作結尾，算是對這位老詩人一生詩品人品之意象化的最好評價吧——

一灣清澈的溪水
從不漲過警戒線

也不水枯石出

只是潺潺地前流
蜿蜒在我們這塊荒原
「說不定，有一天
會綠楊夾岸」

分流歸位，水靜流深

——世紀之交中國大陸詩歌走勢的幾點指認

逼臨二十世紀末的最後十年，也是中國大陸詩壇最為駁雜動盪的十年。以一九八六年秋《詩歌報》和《深圳青年報》聯合舉辦的兩報「現代詩群體大展」為啟動，繼朦朧詩潮之後的第三代詩潮，進入了一個社團林立、群雄紛爭、流派分呈、變革迭起的「大搖滾」時期，成為中國新詩八十年中最為壯觀也最難把握的一道風景線。顯然，這是一次極為重要的裂變，經由二次「能量釋放」之後，泥沙俱下、混雜不清的大陸現代詩潮，逐漸開始分流歸位、朗現格局。其大體脈絡，以我個人詩學觀念而言，可作如下劃分：

一、從藝術造詣分層，可見出專業性寫作與非專業性寫作的分野。這一分野最終使綿延十餘載的「詩歌群眾運動」之負面效應，亦即「運動情結」所造成的非詩因素得以消解，使現代漢詩開始步入依從藝術規律作良性發展的穩健階段。水靜流深，沙自沙，泥自泥，專業與非專業，詩性的與僅具詩形的，各得其所；非專業性寫作盡可向專業性寫作過渡，但不再混雜一起，影響藝術層面的拓殖、收攝與整合。

二、從詩歌立場分層，可見出生命性寫作、知識性寫作和社會性寫作三個層面。生命寫作雖一度成為第三代詩人個個掛在口頭的標誌，但大多數並未有過真正深切的生命體驗和生存痛感作支撐，只是將「青春期詩戀症」誤作了生命寫作的基因。於是其中一部分，尤其是從課堂到課堂、從書本到書本、從詩到詩的大量「學院派詩人」，便改由間接的知識性生存體驗為精神底背，通過閱讀與思考，專注於與「材料」而非生命、生存現實的對話，所謂「書齋寫作」。其中不乏專業層面的高手，但其精神源流，總還是與當下有隔，尤以本土文化根性的喪失和語言的過度「翻譯化」為弊。至於社會性寫作，乃主流詩歌亦即官方詩歌的傳統寫作，大都借用新詩的表面形式，作社會學層面的佈道之說，或淺情，或近理，或登高一呼，皆有其詩形而無其詩性，屬於非詩的另一極，但此種寫作因社會所需要，大量長期「定貨」而歷久不衰，且易為非專業性閱讀所接受，遂構成與純正詩歌長久並存的一大景觀。

三、從所承傳的詩歌源流看，大體仍在現代主義、現實主義、浪漫主義、新古典四大路向中分流發展。儘管從朦朧詩到第三代詩，大家似乎都以打出「現代」旗幟為己任，但各自所承繼和認同的遺傳基因不一，最終仍大體分屬了不同的路向，只是比原先的各種「主義」，其表現略有不同，或有所發展，或互為融通，但其底背所在，還是較為分明的。至於後現代主義，至少就眼下而言，尚只有極少數企及者，未形成流派陣營之勢。

四、從語言走勢看，可見出三脈路向：其一是以營造意象為能事的抒情語勢；其二是以活用口語為主導的敘述性語勢；其三是二者兼濟的可稱之為「第三向度」的語勢。其中又有或過於歐化，或追求本土化，或再造古典詩質的不同傾向，取捨不一，所形成的語境也各具特色。

五、就創作狀態而言，又可分為激情性寫作與智慧性寫作兩大類。前者重在詩歌精神向度的拓殖，後者重在詩歌藝術向度的拓殖，雖各有千秋，但後者的重要性，正被越來越多的詩人所認同——激情的濫觴之後，「怎樣寫」依然是首要的命題，這也是現代詩運漸趨成熟之後的標誌性認識。

以上五點指認，只是大略把握，粗線條勾勒其一個輪廓。最後需要特別指出的是：兩個十年的大陸現代詩潮，一直均以「現代性」為旗號，雖然各自承繼的遺傳基因不一樣，卻都為這一旗號的號召所鼓促，簇擁前行，實則何為「現代性」，什麼是中國人現時空下自己「現代感」，在初起的潮流中，都是含混不清的，則後來的分化也便在情理之中。中國新詩，向有「舶來」之嫌，兩個十年的大陸現代詩潮，更是全面引進和演練西方各種主義之思與詩的空前盛會。這一「盛會」，一方面及時開啟並激活了當代中國大陸的詩性思考，形成了新詩八十年中，最為宏大的詩歌造山運動，無論其拓殖的精神空間還是藝術空間，都是前所未有的；另一方面，也逐步顯露出種種無法迴避的後遺症，其中尤以文化失根、精神失所、語言失真、品格失範為烈。為此，如何在世紀之交的時空下，及時調適自己的內在理路，在反思、整合與超越中，開啟新的步程，以不負新詩百年的呼喚，已成為中國大陸詩界共赴的使命。

口語、禪味與本土意識

——展望二十一世紀中國詩歌

詩，是否正在成為一種退化的文學器官？

或者說，在經由二十世紀各種始料不及的重大變故（諸如科技影響、市場衝擊、文化生態重構等）之後，詩，是否將僅僅做為一種「過去式」的精神遺跡與文字遊戲，乃至像人們欣賞文物一樣，勉強殘存於新世紀的文化景觀之中？確實是一個需要直面而思的問題。

中國新詩，曾經是開啟中國新文學的「神經元」，且在整個二十世紀的中國文學發展中，屢屢成為撬動新的變革、新的跨越的有效槓桿。同古典詩歌一樣，新詩也曾經一再扮演著一個什麼活都幹的「老祖母」的角色，多層面地作用於文學進程，也便自然要受到多層面的外部剝離而致自身的內部裂變。某些功能逐漸被「他者」所取代，某些功能在新的「接受效應」的轉換中自行萎縮。新詩因此被迫喜新多變，僅八十餘年歷程，已是風潮迭起，樣貌代異，所謂「各領風騷不幾年」。僅其命名一項，就有白話詩、新詩、自由詩、現代詩、現代漢詩等變遷，還有以各種主義和分代指認的流派命名，更為繁多。手法上，則已廣涉「作詩如說話」（胡適）、新格律（聞一多）、散文化（艾青）、戲劇性（痖弦）、朦朧美（北島）、口語（韓東）、小說企圖（于堅）、新歌謠與搖滾風（伊沙）等等……如此多變求新，既有「增華加富」、生發新的生長點的正面效應，也難免附帶「因變而益衰」（朱自清《詩言志辨》）的負面效應，且已在總體上漸顯變量衰減乃至耗竭的跡象。

文化場景的急劇轉換，造成了詩的外部生存危機，這是不以詩人意志為轉移的，有些危機已成世界性的普遍存在，對此，盲目悲觀或妄自清高都不可取。詩是人類精神的獵犬，詩人是人類語言保真和增殖的祭司，無論人類將自己的精神/文化領域擴展或轉移到怎樣的疆界，詩都是那游獵於疆界之外的探險者。也就是說，詩是最小量依賴於其他存在（衍存條件）的一種藝術活動，終究不會失滅到一無所存的程度，這是我們的自信之所在。因此，世紀交替的詩學重心，還是要回到詩自身的內部省視上來。這其中，之一，是要追索一下新詩、現代詩何以至今難以尋求到元一自豐的規律和範式？其「類」的豐化何以導致了「度」的遞衰？之二，作為曾經貴為「文學中的文學」的詩，經歷百年淘洗，到底發生了哪些裂變？其本質屬性有哪些還未被剝離且將成為最終唯詩所憑恃的？之三，在所有求新求變所開啟的新的生長點中，哪些是一時炫華而不結正果的「謊花」，哪些是有潛在發展生機亦即有前瞻性與號召力、尤其是可能被新人類文化餐桌所接受的「正根」？限於本文題旨，這裡僅就第三點做一簡要推想。

新詩革舊體詩的命，首要的原因，在於舊體詩的一套話語範式，已與中國人新的生存現實嚴重脫節，所謂「打滑」、「失真」，如于堅所指出的：「人說不出他的存在，只能說出他的文化」（于堅《棕皮手記・從隱喻後退》）。這一弊病，後來新詩自己也漸害上了。其原因，除百年中國社會變化過於紛繁劇烈之外部因素，就自身而言，一是「先天不足」，過分背棄傳統基因，多以西方詩質與翻譯語體為底背，漢語意識稀薄；二是「後天不良」，一味虛妄高蹈，奇情異技，自我膨脹，完全摒棄共性，進而疏離當下生存現實與文化境遇，或言不由衷，或辭不達意，或孤芳自賞、空心喧嘩，以致再度打滑而失真，成為「沙丘上的城堡」（鄭敏語）。說「失真」，自是就總體而言，只寫給自己看或刻意寫給未來人去理解的詩，也不能就說真不真，關鍵是如何落實為大部分詩愛者（包括專業性的與非專業性的讀眾）所接受的真。由此便要說到功能轉換的問題。人同時生存於三種精神時空：其一「過去式」，回憶、懷舊、歷史情結；其二「現在式」，當下、手邊、現實追問；其三「未來式」，想像、憧憬、浪漫情懷。三種存在狀態，都需要在詩以及一切文學藝術中尋求承載和呼應。由於文化陳因所致，過去中國人多注重「過去式」和「未來式」，忽視「現在式」，而二十世紀之文化巨變的重要結果，是國人對精神烏托邦的放逐，開始注重「現在式」的精神質量，這是不容忽視的一個關鍵所在。通俗一點說，二十一世紀的國人，至少在相當長一個時段裡，將滯留於較為現實乃至世俗化的文化心態中。同時，由於高度老齡化的人口結構，懷舊思緒的彌漫，將成為又一大精神訴求。另外，全球一體化的文化走勢，也會逆轉激發新的民族自省與本土自重意識，同樣是不容忽略的背景參數。

由此我想，在世紀末之各路詩歌走向中，有兩脈詩風，或將成為新世紀詩運的主要流向：一是口語化風格的，一是現代禪詩。

作為「口語詩」，不僅契合上述功能與背景轉換之訴求，僅從語言策略、接受效應上講，也有合理之處。簡而言之，即朱自清先生所說的「求真與化俗」，「化俗就是爭取群眾」，「所謂求真的『真』，一面是如實和直接的意思……在另一面這『真』又是自然的意思，自然才親切，才讓人容易懂，也就更能收到化俗的功效。」（朱自清〈論雅俗共賞〉）新詩發展到後來之所以打滑失真，主要在其語言的過於歐化和任意扭捏，「口語詩」即是對這一流風的逆轉。口語是活話語，不斷生成於當下，較少觀念結石與指稱固化，既平實，又鮮活，且易及時吸納和表現新精神氣象與時代氣息。或涉意象，也非刻意經營，盡棄矯飾，清爽硬朗，力量在骨子裡。「口語詩」閱讀阻力小，有親和性，寫作到位的話，更可於平淡中見深沉、文本外見張力，理應為廣泛的詩愛者尤其新人類所樂於接受。

「現代禪詩」一路，我主要看重其易於接通漢語傳統和古典詩質的脈息，以此或可消解西方意識形態、語言形式和表現策略對現代漢詩的過度「殖民」，以求將現代意識與現代審美情趣有機地予以本土內化。從這路詩風已初步形成的風格來看，其語境大都清明典雅，有古典詩質的再造肌理；意象的營造也多恪守本味，不著「洋相」，讀來有中國味。當然，既是「現代禪詩」，骨子裡便少不了現代感的支撐，古典的面影下，悄然搏動的，仍是現代意識的內在理路，只是這「理路」中多了幾分「禪味」而已。誠然，身處雜語時代，眾音齊鳴，人心浮躁，談禪無異與盲人說色彩，這也是現代禪詩清音低迴，難成局面的原因之一。實則小禪在山林，大禪在紅塵，越是紅塵萬丈、時世紛紜，越是「禪機」四伏。而禪無功利，只在自明明人，其不無宗教意味的慰藉與託付，或許將為未來時代之信仰無著的新人類和孤寂懷舊的老人們所親近。是以認定，「現代禪詩」之由式微而轉倡行，恐只是遲早的事。

如此，以「口語」悅眾耳，以「禪味」娛獨坐；不失奇情，不鄙常情，或化奇情為常情；增強本土意識，加大漢語份額，「堅持那些在革命中被意識到的真正有價值的東西」（于堅語），認領原本的宿命，尋找更新的光源，或可在不再熱鬧卻更本色的新世紀的步程中，再造幾分生機、幾許輝煌——而這一切，又同時取決於詩的創造者們，其藝術基因的純正與心理機制的健康。暮鼓晨鐘，歷史自會清濁分明，此處不再贅述。

三民叢刊書目

㉖作家與作品　謝冰瑩著
㉗冰瑩書信　謝冰瑩著
㉘冰瑩遊記　謝冰瑩著
㉙冰瑩憶往　謝冰瑩著
㉚冰瑩懷舊　謝冰瑩著
㉛與世界文壇對話　鄭樹森著
㉜捉狂下的興嘆　南方朔著
㉝猶記風吹水上鱗
　・錢穆與現代中國學術　余英時著
㉞形象與言語
　・西方現代藝術評論文集　李明明著
㉟紅學論集　潘重規著
㊱憂鬱與狂熱　孫瑋芒著
㊲黃昏過客　沙　究著
㊳帶詩蹺課去　徐望雲著
㊴走出銅像國　龔鵬程著
㊵伴我半世紀的那把琴　鄧昌國著
㊶深層思考與思考深層
　・轉型期國際政治的觀察　劉必榮著
㊷瞬　間　周志文著

㊸兩岸迷宮遊戲　楊　渡著
㊹德國問題與歐洲秩序　彭滂沱著
㊺文學關懷　李瑞騰著
㊻未能忘情　劉紹銘著
㊼發展路上艱難多　孫　震著
㊽胡適叢論　周質平著
㊾水與水神
　・中國的民俗與人文　王孝廉著
㊿由英雄的人到人的泯滅
　・法國當代文學論集　金恆杰著
(51)重商主義的窘境　賴建誠著
(52)中國文化與現代變遷　余英時著
(53)橡溪雜拾　思　果著
(54)統一後的德國　郭恆鈺主編
(55)愛廬談文學　黃永武著
(56)南十字星座　呂大明著
(57)重疊的足跡　韓　秀著
(58)書鄉長短調　黃碧端著
(59)愛情・仇恨・政治
　・漢姆雷特專論及其他　朱立民著

60 蝴蝶球傳奇　顏匯增著
・真實與虛構
61 文化啓示錄　南方朔著
62 日本這個國家　章　陸著
63 在沉寂與鼎沸之間　黃碧端著
64 民主與兩岸動向　余英時著
65 靈魂的按摩　劉紹銘著
66 迎向眾聲　向　陽著
・八〇年代臺灣文化情境觀察
67 蛻變中的臺灣經濟　于宗先著
68 從現代到當代　鄭樹森著
69 嚴肅的遊戲　楊錦郁著
・當代文藝訪談錄
70 甜鹹酸梅　向　明著
71 楓　香　黃國彬著
72 日本深層　齊　濤著
73 美麗的負荷　封德屏著
74 現代文明的隱者　周陽山著
75 煙火與噴泉　白　靈著

76 七十浮跡　項退結著
・生活體驗與思考
77 永恆的彩虹　小　民著
78 情繫一環　梁錫華著
79 遠山一抹　思　果著
80 尋找希望的星空　呂大明著
81 領養一株雲杉　黃文範著
82 浮世情懷　劉安諾著
83 天涯長青　趙淑俠著
84 文學札記　黃國彬著
85 訪草（第一卷）　陳冠學著
86 藍色的斷想　陳冠學著
・孤獨者隨想錄
A・B・C全卷
87 追不回的永恆　彭　歌著
88 紫水晶戒指　小　民著
89 心路的嬉逐　劉延湘著
90 情書外一章　韓　秀著
91 情到深處　簡　宛著
92 父女對話　陳冠學著

⑨③陳沖前傳　嚴歌苓著
⑨④面壁笑人類　祖慰著
⑨⑤不老的詩心　夏鐵肩著
⑨⑥雲霧之國　合山究著
⑨⑦北京城不是一天造成的　喜樂著
⑨⑧兩城憶往　楊孔鑫著
⑨⑨詩情與俠骨　莊因著
⑩⓪文化脈動　張錯著
⑩①桑樹下　繆天華著
⑩②牛頓來訪　石家興著
⑩③深情回眸　鮑曉暉著
⑩④新詩補給站　渡也著
⑩⑤鳳凰遊　李元洛著
⑩⑥文學人語　高大鵬著
⑩⑦養狗政治學　鄭赤琰著
⑩⑧烟塵　姜穆著
⑩⑨河宴　鍾怡雯著
⑪⓪滬上春秋　章念馳著
⑪①愛廬談心事　黃永武著
⑪②吹不散的人影　高大鵬著
⑪③草鞋權貴　嚴歌苓著
⑪④是我們改變了世界　張放著
⑪⑤夢裡有隻小小船　夏小舟著
⑪⑥狂歡與破碎　林幸謙著
⑪⑦哲學思考漫步　劉述先著
⑪⑧說涼　水晶著
⑪⑨紅樓鐘聲　王熙元著
⑫⓪寒冬聽天方夜譚　保真著
⑫①儒林新誌　周質平著
⑫②流水無歸程　白樺著
⑫③偷窺天國　劉紹銘著
⑫④倒淌河　嚴歌苓著
⑫⑤尋覓畫家步履　陳其茂著
⑫⑥古典與現實之間　杜正勝著
⑫⑦釣魚臺畔過客　彭歌著
⑫⑧古典到現代　張健著
⑫⑨帶鞍的鹿　虹影著
⑬⓪人文之旅　葉海煙著

⑬①	生肖與童年	小民著・喜樂圖
⑬②	京都一年	林文月著
⑬③	山水與古典	林文月著
⑬④	冬天黃昏的風笛	呂大明著
⑬⑤	心靈的花朵	戚宜君著
⑬⑥	親　戚	韓　秀著
⑬⑦	清詞選講	葉嘉瑩著
⑬⑧	迦陵談詞	葉嘉瑩著
⑬⑨	神　樹	鄭　義著
⑭⓪	琦君說童年	琦　君著
⑭①	域外知音	張堂錡著
⑭②	遠方的戰爭	鄭寶娟著
⑭③	留著記憶・留著光	陳其茂著
⑭④	滾滾遼河	紀　剛著
⑭⑤	王禎和的小說世界	高全之著
⑭⑥	永恆與現在	劉述先著
⑭⑦	東方・西方	夏小舟著
⑭⑧	嗚咽海	程明琤著
⑭⑨	沙發椅的聯想	梅　新著
⑮⓪	資訊爆炸的落塵	徐佳士著
⑮①	沙漠裡的狼	白　樺著
⑮②	風信子女郎	虹　影著
⑮③	塵沙掠影	馬　遜著
⑮④	飄泊的雲	莊　因著
⑮⑤	和泉式部日記	林文月譯・圖
⑮⑥	愛的美麗與哀愁	夏小舟著
⑮⑦	黑　月	樊小玉著
⑮⑧	流香溪	季　仲著
⑮⑨	史記評賞	賴漢屏著
⑯⓪	文學靈魂的閱讀	張堂錡著
⑯①	抒情時代	鄭寶娟著
⑯②	九十九朵曇花	何修仁著
⑯③	說故事的人	彭　歌著
⑯④	日本原形	齊　濤著
⑯⑤	從張愛玲到林懷民	高全之著
⑯⑥	莎士比亞識字不多?	陳冠學著
⑯⑦	情思・情絲	龔　華著

203
大話小說
莊因 著

作者以其亦莊亦諧的筆調，探觸華人世界的生活百態，這其中有憶往記遊、有典故，當然還有他所嗜好的飲食文化，綜觀全書，不時見他出入人群，議論時事，批評時弊，本著知識份子的良知良行，期待著中國人有「說大話而不臉紅的一天」。

204
人禍
彭道誠 著

太平天國起義是近代不容忽視的歷史事件，他們主張男女平等，要解百姓倒懸之苦。而戰無不勝勢如破竹的天朝，卻在攻下半壁江山後短短幾年由盛而衰，終為曾國藩所敗，何以有此劇變？讀者可從據史實改編的本書中發現端倪。

205
殘片
董懿娜 著

讀董懿娜的小說就像凝視一朵朵淒美的燭光。她筆下的女主人翁大都是敏感又聰明的人物，明明知道等待著她的是絕望，她還要希望。而她們的命運遭遇，會讓人覺得曾經在塵世間匆匆一瞥。本書就在作者獨特細緻的筆觸下，編排著夢一般的真實。

206
陽雀王國
白樺 著

中國施行共產主義，在政治、文化、生活作了種種革新，人民在一波波浪潮衝擊下，徘徊新舊之間。本書文字自然流暢，以一篇篇小說寫出時代轉變下豐富的眾生相，可喜、可憎、可愛的人生際遇，反應當時社會背景，讀之，令人動容。

207
懸崖之約
海男 著

「男人與女人在此約會中的故事，貫穿著一個幸運的結局和另一個戲劇的結局」。一個患腦癌的四十歲女子，她要在去天堂之前去訪問記憶中銘心刻骨的每一個朋友，也許是密友、情人、前夫，她的生活因為有了昨日的記憶，將展開一段不同的旅程。

208
神交者說
虹影 著

人的情感總是同時交雜著出現，很難只用喜悅、悲傷、恐懼等單純詞語完整表達。而本書作者細緻地記述回憶或現實的片段，藉以呈現許多情況下（如養父過世，或只是邂逅陌生人等）人複雜多變的感覺，使讀者能自然地了解書中的情境與人物的感受。

209
海天漫筆
莊因 著

或「拍案叫好」或「心有戚戚」或「捫心自思」，作者以其多年旅居海外經驗，與自身文化激盪的心得，發為一篇篇散文，不但將中華文化精萃發揚，亦介紹西方生活的真善美。且看「海」的那片「天」空下，作者浪「漫」的妙「筆」！

210
情悟，天地寬
張純瑛 著

本書乃集結作者旅居美國多年來的文章，娓娓細述遊子之情。其文字洗鍊，生動感人，處處展現羈旅之心與赤子之情。作者雖從事電腦業，但文章風格清新雋永。值得你我風簷展讀，再三品味，從中探索「情」之真諦！

211

誰家有女初養成

嚴歌苓　著

「巧巧覺得出了黃桷坪的自己，很快會變一個人的。對於一個新的巧巧，窩在山溝裡的黃桷坪和窩在黃桷坪的一切人和事，都不在話下。」踏出黃桷坪的巧巧會有怎樣的改變呢？如願的坐上流水線抑或是……

212

紙銬

蕭馬　著

紙銬，這樣再簡單不過的刑具，卻可以鎖住人的雙手，甚至鎖住人心，牢牢的，讓人難以掙脫更不敢掙脫。隨便揀一張紙，挖兩個窟窿，然後自己把手伸進去，老老實實地伸直了手，哪敢輕易動彈，碰上風吹雨淋，弄斷了紙銬，一個個都急成了哭相……

213

八千里路雲和月

莊因　著

本書可分為兩大部分，雖然皆屬於記遊文字、同在大陸地區，時間，卻整整相隔了十八年。作者以其獨特的觀點、洗鍊的文筆，道出兩段旅程中的種種。從這些文章，我們可以看見一些故事，也可以看出一位經歷不凡的作家，擁有的不凡熱情。

214

拒絕與再造

沈奇　著

新詩已死？現代人已不讀詩？對於這些現象，作者本著長年關注現代詩的研究，對現代詩有其深刻的體認，無論是理論的闡述或是兩岸詩壇的現況，甚至是詩作的分析，都有其獨特的見解。在他的帶領下，你將對現代詩的風貌，有全新的認識與感受。

215
冰河的超越
葉維廉 著

詩人在新生的冰河灣初次與壯麗的冰河群相遇，面對這無言獨化、宇宙偉大的運作，面對「雪疊著雪雪疊著雪疊著永不溶解的雪／緩緩地積壓著／冰晶冰層冰箔相連覆蓋九萬餘里」的景象，喜悅、震撼、思涉千載而激盪出澎湃磅礴的——冰河的超越。

216
庚辰雕龍
簡宗梧 著

基於寫作興趣就讀中文系，卻因教學職責的召喚，不得不放緩文學創作的腳步。本書作為政大簡宗梧教授創作成果的集結，不僅可讓讀者粗識簡教授於教學及研究著績外的創作成果，也將是記誌簡教授今後創作「臺灣賦」系列作品的一個始點。

217
莊因詩畫
莊 因 著

因心儀進而仿效豐子愷漫畫令人會心的幽默與趣味，作者基於同樣對世間生命萬物寬厚博大的關注與愛心，以他罕為人知的「第三枝筆」，畫出現今生活於你我四周真實人物的喜怒哀樂，並附以詩文，為傳統的中國詩畫注入了全新的生命。

218
換了頭抑或換了身體
張德寧 著

換了頭抑或換了身體？當器官移植技術發達到可以更換整個身軀時，我們要擔心的是生理上的排斥或心理上的抗拒？該為人類創造的奇蹟喝采還是為扭曲了人的靈魂而付出代價？藉作者精心的布局與對人深刻的觀察，我們將探觸心裡未曾到達的角落。

219

黥首之後

朱暉 著

政治上成分的因素，他曾前後被抄三次家，父母也先後被送入囹圄和下放勞改。他嚐盡世間的殘酷悲涼，看透人性的醜陋自私，但外在的折磨越狠越兇，內裡的親情就越密越濃。人性中最陰暗齷齪的一面與最光明燦爛的一面，都在這裡。

220

生命風景

張堂錡 著

每個人的故事，如同璀璨的風景，綻放動人的面貌。透過作者富含情感的筆觸，引領出成功背後的奮鬥歷程。文中所提事物，與我們成長經驗如此貼近，讓人油然而生「心有戚戚焉」之感。他們見證歷史，也予我們許多值得省思與仿效的地方。

221

在綠茵與鳥鳴之間

鄭寶娟 著

不論是走訪歐洲歷史遺跡有感，或抒發旅法思鄉情懷，抑或中西文化激盪的心得，作者以其一貫獨特的思考與審美觀，發為數十篇散文，澄清的文字、犀利的文筆中，流露著一種靈秘的詩情與浪漫的氣氛，讓讀者在綠茵與鳥鳴之間享受有深度的文化饗宴。

222

葉上花

董懿娜 著

讀董懿娜的文章，如同接受心靈的浸潤。生活的點滴，藉她纖細敏感的筆尖，便能在心中蕩起圈圈漣漪；娓娓的傾訴，叫人不禁沉入她的世界。在探求至情至性的同時，重新面對自己，循著她的思緒前進，彷彿也走出了現實的惱人，燃起對生命的熱情。

223
與自己共舞
簡宛 著

「與自己共舞，多麼美好歡暢的感覺！」長年旅居海外的簡宛，以平實真誠的筆調，與讀者分享「接納自己、肯定自我」的喜悅。書中收錄作者多年來與自己共舞的所思所感，包含對婚姻、家庭、自我成長的探討，值得讀者細細品味這分坦率至情的人生智慧。

224
夕陽中的笛音
程明琤 著

我們從本書中可領略程明琤對於生命的思索與感受，對於文化的關懷珍視，她更以廣闊的角度引領讀者去探索藝術家的風範和多彩的人文景致。讀她的文章不只是欣賞她行文遣字的氣蘊靈秀，真正觸動人心的是她對眾生萬相所付注的人文情懷。

225
零度疼痛
邱華棟 著

「我發現我已被物所包圍，周圍一個物的世界，它以嚇人的速度在變化更新，似乎我的生活已經事先被規定、被引導、被制約、被追趕。」作者以魔幻的筆法剖析現代人被生活擠壓變形的心靈。事實上，我們都是不同程度的電話人、時裝人、鐘錶人……。

226
歲月留金
鮑曉暉 著

以滿盈感恩的心，追憶大時代的離合悲歡，及中國這片土地的光輝與無奈；用平實命動人的文字，記錄生活的精彩，和對生命的熱愛與執著。作者將歲月中的點滴與感動，譜成這數十篇的散文，讀來令人低徊不已，並激盪出對生命的無限省思。

國家圖書館出版品預行編目資料

拒絕與再造：兩岸現代漢詩論評／沈奇著－－初版
一刷．－－臺北市；三民，民90
面；　公分－－(三民叢刊;214)

ISBN 957-14-3392-6(平裝)

1. 中國詩－現代(1900－　)－評論

821.886　　89019394

網路書店位址　http://www.sanmin.com.tw

 拒　絕　與　再　造

——兩岸現代漢詩論評

著作人　沈　奇
發行人　劉振強
著作財產權人　三民書局股份有限公司
臺北市復興北路三八六號
發行所　三民書局股份有限公司
地址／臺北市復興北路三八六號
電話／二五〇〇六六〇〇
郵撥／〇〇〇九九九八——五號
印刷所　三民書局股份有限公司
門市部　復北店／臺北市復興北路三八六號
重南店／臺北市重慶南路一段六十一號
初版一刷　中華民國九十年二月
編　號　S 81087
基本定價　參元陸角
行政院新聞局登記證局版臺業字第〇二〇〇號

ISBN　957-14-3392-6　（平裝）